# Sur la route de Madison

Robert James Waller

# Sur la route de Madison

FRANCE LOISIRS
123, boulevard de Grenelle, Paris

Titre original : Bridges of Madison Country
© 1992 by Robert James Waller Warner Books, Inc., New York

Traduit de l'américain par Anne Michel.

Édition du Club France Loisirs, Paris,
réalisée avec l'autorisation des Éditions Albin Michel.


ISBN 2-7242-8925-0

Certaines chansons sont portées par l'herbe bleue et la poussière de mille routes de campagne. Automne 89, une fin d'après-midi. Assis à mon bureau, je regarde clignoter le curseur de mon ordinateur quand le téléphone sonne.

Au bout du fil, Michael Johnson. Il vit maintenant en Floride mais il est né ici, dans l'Iowa. Un ami de la région lui a envoyé un de mes livres. Michael Johnson l'a lu, sa sœur Carolyn aussi, et ils connaissent une histoire qui, à leur avis, peut m'intéresser. Il est prudent et refuse d'en dire plus, mais Carolyn et lui sont disposés à venir m'en parler.

Qu'ils soient prêts à un tel effort m'intrigue, en dépit de mon scepticisme envers ce genre d'offre. J'accepte donc de les rencontrer à Des Moines la semaine suivante.

À l'Holiday Inn proche de l'aéroport, les présentations une fois faites, la gêne se dissipe peu à peu, et ils s'asseyent tous les deux en face de moi, tandis qu'au-dehors le soir tombe sous une neige fine. Ils m'arrachent une promesse : si je décide de ne pas écrire cette histoire, j'accepte de ne jamais révéler ce qui est arrivé dans le comté de Madison en 1965, ni les événements qui en ont découlé les vingt-quatre années suivantes. D'accord. C'est raisonnable. Après tout, c'est leur histoire, pas la mienne.

Alors je les écoute. Je les écoute avec attention et je leur pose des questions difficiles. Et ils parlent. Encore et encore. Carolyn pleure ouvertement à certains moments et Michael lutte pour ne pas en faire autant. Ils me montrent des documents, des articles de magazines et les journaux intimes de leur mère, Francesca.

Les serveurs vont et viennent. Nous reprenons du café. Tandis qu'ils parlent, je commence à voir des images. C'est ainsi : d'abord les images, puis viennent les mots. Et je commence à entendre les mots, à les imaginer sur des pages. Un peu après minuit, j'accepte d'écrire l'histoire... ou, du moins, d'essayer. Prendre la décision de dévoiler ces événements au grand jour leur a été difficile. La situation est délicate puisqu'elle met en cause leur mère, et, plus indirectement, leur père. Michael et Carolyn savent qu'un tel récit peut donner lieu à des commentaires déplaisants et salir les souvenirs qu'ont laissés Richard et Francesca Johnson.

Pourtant, dans un monde où l'engagement personnel sous toutes ses formes semble perdre sa valeur et où l'amour est devenu une affaire de convenance, ils ont senti tous les deux que cette histoire remarquable valait la peine d'être racontée. J'ai eu alors la certitude, et je le crois plus fort encore aujourd'hui qu'ils avaient raison.

Au cours de mes recherches et de la rédaction de ce livre, j'ai souhaité revoir Michael et Carolyn par trois fois. À chaque fois, et sans émettre la moindre réserve, ils sont venus dans l'Iowa. Tant ils désiraient que cette histoire soit fidèlement racontée. Parfois nous avons surtout parlé, parfois nous avons lentement parcouru les routes du comté de Madison tandis qu'ils me montraient les endroits marquants pour l'histoire.

Outre la collaboration de Michael et Carolyn, mon récit s'appuie sur les journaux de Francesca Johnson ; sur mes recherches dans le nord-ouest des États-Unis, particulièrement à Seattle et Bellingham, dans l'État de Washington ; sur des enquêtes discrètes dans le comté de Madison, dans l'Iowa ; des renseignements glanés dans les essais photographiques de Robert Kincaid ; l'aide apportée par des rédacteurs en chef de magazines ; les détails techniques fournis par des fabricants de matériel et de film photo ; et de longues discussions avec plusieurs merveilleux vieillards de l'hospice de Barnesville, dans l'Ohio, qui se souvenaient du jeune Kincaid.

En dépit de mes efforts, des lacunes persistent. J'ai fait preuve d'un peu d'imagination en ce cas, mais seulement quand je pouvais en justifier par la connaissance intime de Francesca Johnson et Robert Kincaid acquise au cours de mes recherches.

Je suis convaincu de m'être approché au plus près des véritables événements.

Bien des détails manquent concernant le voyage qu'effectua Kincaid dans le nord des États-Unis. Nous savons qu'il a fait ce voyage d'après certaines photos publiées à l'époque, une brève mention dans le journal de Francesca Johnson et des notes laissées par lui à un rédacteur en chef. Guidé par ces sources, j'ai retracé le chemin qu'il avait emprunté selon moi de Bellingham, dans l'État de Washington, jusqu'au comté de Madison en août 1965. En arrivant dans le comté de Madison, à la fin de mon voyage, j'ai senti que j'étais, de bien des façons, devenu Richard Kincaid. Cela dit, essayer de saisir l'« essence » de Kincaid fut la vraie gageure de mes recherches et de la rédaction de ce livre. C'est un personnage insaisissable. À certains moments, il semble presque ordinaire. À d'autres, éthéré, voire irréel. D'un professionnalisme consommé dans son travail, il se considérait pourtant comme une espèce particulière d'animal en voie de disparition dans un monde de plus en plus organisé. Il a parlé un jour de la « plainte impitoyable » du temps qui résonnait dans sa tête, et Francesca Johnson l'a décrit comme un homme vivant « dans des lieux étranges, hantés, bien éloignés des fondements de la logique de Darwin ».

Deux questions singulières restent toujours sans réponse. En premier lieu, nous n'avons pas pu déterminer ce qu'il était advenu des archives photographiques de Kincaid. Compte tenu de la nature de son travail, il devrait exister des milliers, probablement des centaines de milliers de photographies. On ne les a jamais retrouvées. Le plus vraisemblable — et cela serait cohérent avec la vision qu'il avait de lui-même et de sa place en ce monde — est qu'il les a détruites avant sa mort.

Le second point concerne ce qu'il a fait entre 1975 et 1982. On dispose de peu d'informations : il a gagné très modestement sa vie en faisant des portraits à Seattle durant plusieurs années et a continué à photographier le secteur de Puget Sound. En dehors de cela, nous ne savons rien. Il faut noter que toutes les lettres qui lui ont été adressées par la Sécurité sociale et les Anciens Combattants ont été renvoyées avec la mention « Retour à l'envoyeur » écrite de sa main.

La préparation et l'écriture de ce livre ont modifié ma vision du monde, transformé ma façon de penser, et surtout rendu moins cynique mon approche des relations humaines. En apprenant à connaître Francesca Johnson et Robert Kincaid comme je l'ai fait pendant mes recherches, j'ai découvert que dans ces relations les frontières peuvent être repoussées bien plus loin que je ne le croyais. Peut-être aurez-vous le même sentiment en lisant cette histoire. Cela ne sera pas facile. Dans un monde de plus en plus endurci, nous nous fabriquons tous une carapace pour protéger notre sensibilité meurtrie. Où finit la grande passion et où commence la sensiblerie, je ne peux le dire. Mais cette tendance que nous avons à nous moquer de la passion et à cataloguer comme mièvres des sentiments purs et profonds rend difficile l'accession au royaume de douceur où l'histoire de Francesca Johnson et

Robert Kincaid a sa place. Je sais que j'ai dû surmonter ce préjugé pour pouvoir commencer à écrire.

Si, cependant, vous approchez ce qui suit en suspendant volontairement votre incrédulité, comme le dit Coleridge, je suis convaincu que vous ferez la même expérience que moi. Dans les contrées indifférentes de vos cœurs, vous trouverez peut-être même, comme Francesca Johnson, un espace où danser à nouveau.

Robert James WALLER
*Cedar Falls, Iowa,*
*été 1991*

## Robert Kincaid

Le 8 août 1965 au matin, Robert Kincaid ferma la porte de son petit deux pièces au troisième étage d'un immeuble biscornu de Bellingham dans l'État de Washington. Il descendit l'escalier en bois avec une valise et un sac à dos bourré de matériel photo, traversa le couloir et prit la sortie de service qui conduisait à sa vieille camionnette Chevrolet, garée sur l'emplacement réservé aux habitants de l'immeuble.

Un autre sac à dos, une glacière de taille moyenne, deux trépieds, des cartouches de Camel, une Thermos et un sac de fruits se trouvaient déjà à l'intérieur. Dans le coffre, un étui à guitare. Kincaid installa les deux sacs à dos sur le siège et posa la glacière et les trépieds par terre. Il grimpa à l'arrière, poussa l'étui à guitare et la valise, les cala avec une roue de secours qui traînait et les attacha avec un bout de corde à linge. Sous le pneu usé, il glissa une toile goudronnée noire.

Il se mit au volant, alluma une Camel et passa une dernière fois tout en revue : deux cents pellicules de films divers, surtout du Kodachrome vitesse lente ; les trépieds ; la glacière ; trois appareils photo et cinq objectifs ; des jeans et des pantalons kaki ; des chemises ; sa veste de photographe sur lui. OK. Tout le reste, il pouvait l'acheter en route s'il l'avait oublié.

Kincaid portait un Levi's délavé, des bottes de marche Red Wing usées, une chemise kaki, et des bretelles orange. À sa large ceinture de cuir était accroché un couteau suisse de l'armée, dans son étui.

Il regarda sa montre : huit heures dix-sept. La camionnette démarra à la seconde tentative, il fit marche arrière, passa les vitesses et s'engagea lentement dans l'allée sous le soleil voilé. Il traversa les rues de Bellingham, prit au sud vers la Washington 11, suivit la côte de Puget Sound sur quelques kilomètres, puis emprunta la nationale qui déviait un peu vers l'est avant de parvenir à l'intersection avec la Route 20.

Il s'y engagea et entama la longue et sinueuse traversée des Cascades sous le soleil. Il aimait cette région et se sentait libre de son temps, s'arrêtant ici et là pour noter des possibilités intéressantes en vue de futures expéditions ou pour prendre ce qu'il appelait des photos « aide-mémoire ». Ces clichés lui permettaient de repérer des endroits qu'il pouvait avoir envie de revoir et d'étudier plus sérieusement. À la fin de l'après-midi, il prit vers le nord à Spokane la Route 2 qui le conduirait à mi-chemin du nord des États-Unis, à Duluth dans le Minnesota.

Pour la millième fois de sa vie, il se dit qu'il aimerait avoir un chien, peut-être un retriever doré, pour ce genre de voyages et lui tenir compagnie à la maison. Mais il était souvent absent, à l'étranger la plupart du temps, et ce ne serait pas juste envers l'animal. Il y pensait quand même. Dans quelques années, il serait trop vieux pour les durs reportages de terrain. « Je prendrai peut-être un chien à ce moment-là », dit-il aux verts conifères qui défilaient derrière la vitre.

Des traversées comme celle-ci l'incitaient toujours à faire le bilan. Le chien en faisait partie. Robert Kincaid était aussi seul qu'il était possible de l'être — enfant unique, parents morts tous les deux, une famille éloignée qui avait perdu sa trace et lui la sienne, pas d'amis intimes. Il connaissait le nom de l'homme qui tenait l'épicerie de Bellingham et celui du propriétaire du magasin de photo où il se fournissait. Sinon, il entretenait des relations professionnelles tout à fait formelles avec différents rédacteurs en chef de magazine. À part eux, il ne connaissait presque personne et personne ne le connaissait. Les gitans sont des amis difficiles pour les gens ordinaires et il était un peu un gitan.

Il pensa à Marian. Elle l'avait quitté voici

neuf ans, après cinq années de mariage. Il avait maintenant cinquante-deux ans ; ce qui voulait dire qu'elle devait en avoir bientôt quarante. Marian rêvait de devenir musicienne, chanteuse folk. Elle savait toutes les chansons des Weaver et les chantait plutôt bien dans les cafés de Seattle. À l'époque, quand il était là, il la conduisait à ses concerts et s'asseyait dans la salle pendant qu'elle faisait son tour de chant.

Ses longues absences — parfois deux à trois mois — avaient pesé lourd sur leur mariage. Il le savait. Elle connaissait son genre de vie quand elle l'avait épousé, et tous deux avaient la vague impression qu'ils pourraient s'en accommoder. Ils n'avaient pas pu. Quand il rentra d'un reportage en Islande, elle n'était plus là. La note disait : « Robert, ça n'a pas marché. Je t'ai laissé la guitare Harmony. Restons en contact. »

Il n'était pas resté en contact. Elle non plus. Il avait signé, lorsqu'il les avait reçus un an plus tard, les papiers du divorce et avait sauté le lendemain dans un avion pour l'Australie. Elle n'avait rien demandé de plus que sa liberté.

À Kalispell, dans le Montana, il s'arrêta pour dormir, tard dans la nuit. Le motel avait l'air bon marché, et l'était effectivement. Il porta son matériel dans une chambre équipée de deux lampes de chevet, une des ampoules était grillée. Tandis qu'il lisait *Les Vertes Collines d'Afrique,* allongé dans son lit en buvant une bière, il pouvait sentir l'odeur des fabriques de papier de Kalispell. Le matin, il fit un jogging de quarante minutes, cinquante pompes et se servit de ses appareils photo comme de petites haltères pour terminer son entraînement.

Il traversa le haut Montana, pénétra dans le Nord-Dakota ; cette contrée plate, aride, lui sembla aussi fascinante que les montagnes ou la mer. Ces lieux possédaient une sorte d'austère beauté et il s'arrêta plusieurs fois, installa un trépied pour prendre des clichés noir et blanc de vieilles fermes. Ce paysage s'accordait avec ses tendances minimalistes. Les réserves indiennes étaient déprimantes pour toutes les raisons que chacun sait ou ignore. Ce genre de campements ne valait pas mieux là qu'ailleurs.

Le 14 août au matin, à deux heures de Duluth, il coupa vers le nord-est et prit une route de traverse jusqu'à Hibbing et ses mines de fer. De la poussière rouge flottait dans l'air, on voyait de grosses machines et des trains spécialement conçus pour apporter à Two Harbors le minerai jusqu'aux cargos sur le lac Supérieur. Il passa un après-midi à se promener dans Hibbing et décida que ce n'était pas tellement son genre, même si Bob Zimmerman-Dylan y était né.

*The Girl from the North Country* était la seule chanson de Dylan qu'il eût jamais vraiment aimée. Il pouvait la jouer à la guitare et la chanter, et il se fredonnait à lui-même les paroles tandis qu'il quittait cet endroit creusé d'énormes cavités rouges. Marian lui avait appris quelques accords et les arpèges de base pour s'accompagner. « Elle m'a laissé plus que je ne lui ai laissé », avait-il dit un jour à un navigateur alcoolique dans le bar McElroy, quelque part dans le bassin de l'Amazone. Et c'était vrai.

La forêt domaniale était belle, vraiment très belle. Un rêve pour les voyageurs. Quand il était jeune, il aurait aimé que l'époque révolue des grands voyageurs existe encore pour en faire partie. Il traversa des champs, aperçut trois élans, un renard roux et plusieurs cerfs. Il s'arrêta devant un étang et photographia sur l'eau les reflets d'une branche d'arbre à la forme étrange. Quand il eut terminé, il s'assit sur le marchepied de son camion pour boire un café, fumer une Camel et écouter le vent dans les bouleaux.

« Ce serait agréable d'avoir quelqu'un, une femme », pensa-t-il en regardant la fumée de sa cigarette s'évanouir au-dessus de l'étang. « En vieillissant, on a ce genre d'idées. » Mais ses absences répétées seraient dures pour celle qui l'attendrait. Il en avait déjà fait l'expérience.

Quand il était à Bellingham, il voyait de temps en temps la directrice artistique d'une agence de publicité de Seattle. Il l'avait rencontrée en faisant de la photo industrielle. Quarante-deux ans, intelligente. Quelqu'un de bien, mais il ne l'aimait pas, il ne l'aimerait jamais.

Parfois, quand ils se sentaient seuls tous les deux, ils passaient une soirée ensemble, allaient voir un film, buvaient quelques bières et faisaient l'amour après, plutôt bien. Elle connaissait la vie — deux mariages, un job de serveuse dans des bars pendant qu'elle terminait ses études. Invariablement, quand ils avaient fini de faire l'amour et étaient allongés l'un contre l'autre, elle lui disait : « Tu es le meilleur, Robert, pas de comparaison possible, pas un qui t'arrive même à la cheville. »

C'était sans doute une chose agréable à entendre pour un homme, mais il n'était pas si expérimenté que ça et n'avait aucun moyen de savoir si de toute façon elle disait la vérité. Pourtant, elle lui avait avoué une fois quelque chose qui continuait à le hanter : « Robert, il y a une créature en toi que je n'ai pas la capacité de libérer, pas la force d'atteindre. J'ai parfois l'impression que tu as vécu très longtemps, plus qu'une vie, et que tu as voyagé dans des contrées secrètes auxquelles le reste d'entre nous ne peut même pas rêver. Tu me fais peur, bien que tu sois très gentil avec moi. Si je ne me faisais pas violence pour me contrôler, j'ai l'impression que je pourrais me perdre et ne jamais me retrouver. »

Il savait obscurément de quoi elle voulait parler. Mais il ne pouvait pas lui-même l'appréhender. Il avait connu ce genre de pensées confuses, une mélancolie allant parfois jusqu'au tragique, associée à une grande force physique et intellectuelle, même enfant, lorsqu'il grandissait dans une petite ville de l'Ohio. Tandis que les autres gosses chantaient « Row, Row, Row Your Boat », il apprenait une chanson de cabaret d'origine française.

Il aimait les mots et les images. « Bleu » était un de ses mots favoris. Il en appréciait la sensation sur ses lèvres et sa langue quand il le prononçait. Les mots possèdent une réalité physique, pas seulement un sens, se souvenait-il avoir pensé quand il était jeune. Il aimait d'autres mots comme « distant », « braise », « route », « ancien », « passage »,

« voyageur », et « Inde » pour leur sonorité, leur goût et les images qu'ils lui évoquaient. Il accrochait dans sa chambre la liste des mots qui lui plaisaient.

Puis il associait les mots en phrases qu'il mettait au mur elles aussi.

*Trop près du feu*

*Je suis venu de l'Est avec un petit groupe de voyageurs*

*Le bavardage persistant de ceux qui me sauveront et de ceux qui me vendront.*

*Talisman, talisman, dévoile-moi tes secrets.*

*Timonier, timonier, montre-moi le chemin du retour.*

*Allongé nu là où nagent les baleines bleues.*

*Elle lui souhaitait des locomotives quittant les gares de l'hiver.*

*Avant de devenir homme, j'étais flèche.*

*Longtemps auparavant.*

Et puis il y avait les lieux dont il aimait les noms : le détroit de Somalie, les monts

Big Hatchet, le détroit de Malacca et bien d'autres encore. Les feuilles de papier portant des mots, des phrases, des pays, finirent pas recouvrir les murs de sa chambre.

Même sa mère avait remarqué qu'il était différent des autres. Il ne prononça pas un mot avant l'âge de trois ans, puis il se mit à parler en faisant des phrases entières, et il lisait extrêmement bien à cinq ans. À l'école, il fut un élève indifférent qui frustrait les professeurs.

Ceux-ci voyaient les résultats de ses tests d'intelligence et lui parlaient de réussir, de faire ce qu'il était capable de faire, de devenir qui il voulait. Un de ses professeurs de lycée avait inscrit dans son bulletin : « Croit que "les tests d'intelligence sont un mauvais moyen d'évaluer les capacités parce qu'ils ne tiennent pas compte de la magie qui a son importance propre, complémentaire à la logique". Je suggère une réunion avec les parents. »

Sa mère rencontra plusieurs de ses professeurs. Quand ceux-ci parlèrent de la résistance passive de Robert, compte tenu de ses capacités, elle répondit : « Robert vit dans un monde à lui. Je sais qu'il est mon fils, mais j'ai parfois l'impression qu'il ne vient pas de moi et de mon mari, mais d'un autre endroit où il essaie de retourner. J'apprécie l'intérêt que vous lui portez et j'essayerai une fois de plus de l'encourager à mieux travailler à l'école. »

Mais il s'était contenté de lire tous les récits d'aventures et de voyages à la bibliothèque municipale. Le reste du temps il préférait être seul, il passait des journées entières au bord de la rivière qui coulait à la lisière de la ville, dédaignant les bals, les matchs de football et toutes les choses qui l'ennuyaient. Il pêchait, nageait, marchait et s'allongeait dans l'herbe haute pour écouter des voix lointaines qu'il s'imaginait être seul à entendre. « Il y a des esprits par ici, se disait-il. Si tu es suffisamment silencieux et attentif, ils te parleront. » Et il souhaitait avoir un chien pour partager ces moments avec lui.

On n'avait pas d'argent pour l'envoyer à l'université. Pas le désir non plus. Son père travaillait dur ; il s'occupait bien de sa mère et de lui, mais son travail à l'usine de soupapes ne leur permettait que le strict minimum et rien d'autre, pas même un chien. Robert avait dix-huit ans quand son père mourut ; aussi, avec les difficultés de la crise économique, s'engagea-t-il dans l'armée afin de subvenir à ses besoins et à ceux de sa mère. Il y resta quatre ans, mais ces quatre ans changèrent sa vie.

Les voies impénétrables de l'esprit militaire l'assignèrent à un poste d'assistante photographe, bien qu'il ne sût même pas comment charger la pellicule dans un appareil. Mais, avec ce travail, il découvrit sa profession. Les détails techniques lui semblaient faciles. En moins d'un mois, il faisait non seulement le travail de laboratoire pour deux des photographes de l'équipe, mais il était aussi autorisé à réaliser lui-même de simples projets.

Un des photographes, Jim Peterson, l'aimait bien. Il prit sur son temps pour lui apprendre les subtilités du métier. Robert

Kincaid emprunta des livres de photo et d'art à la bibliothèque municipale de Fort Monmouth et les étudia. Au début, il aima particulièrement les impressionnistes français et l'utilisation de la lumière chez Rembrandt.

Avec le temps, il découvrit que c'était la lumière qu'il cherchait à saisir, pas les objets. Les objets étaient essentiellement des supports qui réfléchissaient cette lumière. Avec une bonne lumière, vous pouviez toujours trouver quelque chose à photographier. Le 35 millimètres commençait à être en vogue, et il acheta un Leica d'occasion dans le magasin du coin. Il l'emporta à Cape May, dans le New Jersey, et passa sa semaine de permission à prendre des photos le long du rivage.

Une autre fois, il prit le bus pour le Maine, puis fit du stop jusqu'à la côte, attrapa le premier bateau postal qui faisait la navette entre Stonington et l'île au Haut. Il y campa, gagna ensuite la Nouvelle-Écosse sur un ferry qui traversait la baie de Fundy. Il commença à prendre des notes sur ses prises de vue et sur les endroits où il souhaitait retourner. Quand il finit son service, à vingt-deux ans, ses photos étaient très honorables et il trouva un travail d'assistant auprès d'un photographe de mode connu à New York.

Parmi les mannequins, il y avait de très belles filles, il en fréquenta quelques-unes et tomba presque amoureux de l'une d'elles avant qu'elle ne parte pour Paris, puis ils s'oublièrent. Elle avait dit : « Robert, je ne sais pas qui tu es exactement, mais, s'il te plaît, viens me voir à Paris. » Il lui répondit qu'il viendrait. Il était alors sincère, mais il n'y alla jamais. Des années plus tard, alors qu'il faisait un reportage sur les plages de Normandie, il trouva son nom dans un annuaire parisien, l'appela et ils prirent un café à une terrasse. Elle était mariée avec un cinéaste et avait trois enfants.

La mode ne l'intéressait pas beaucoup. Les gens jetaient des vêtements de bonne qualité ou s'en faisaient fabriquer à la hâte, suivant les directives des pontes européens de la haute couture. Il trouvait cela idiot et se sentait humilié en faisant de telles photos.

« On est ce que l'on fait », dit-il quand il donna sa démission.

Sa mère mourut durant la seconde année qu'il passa à New York. Il regagna l'Ohio pour l'enterrer, et s'assit en face d'un avocat pour écouter la lecture du testament. Il n'y avait pas grand-chose. Il ne s'attendait à rien. Mais il fut surpris d'apprendre que ses parents avaient accumulé un petit capital avec leur minuscule maison de Franklin Street qu'ils avaient toujours habitée depuis leur mariage. Il vendit la maison et, avec l'argent, s'acheta un matériel de première qualité, songeant à toutes les années de travail qu'il avait fallu à son père pour économiser ces dollars et à la vie modeste que ses parents avaient menée.

Certaines de ses photos commencèrent à paraître dans des petits magazines. Puis le *National Geographic* appela. Ils avaient vu une photo de calendrier qu'il avait prise à Cape May. Il discuta avec eux, se fit confier un travail, l'exécuta avec professionnalisme : il était lancé.

Les militaires le rappelèrent en 1943. Il

partit avec les Marines et se fraya un chemin le long des plages du Pacifique Sud, ses appareils photo bringuebalant sur ses épaules, ou, couché sur le dos, photographiant les hommes qui débarquaient des canots amphibies. Il vit la terreur sur leurs visages, la ressentit lui-même. Il les vit coupés en deux par un tir de mitrailleuse, il les vit invoquer Dieu et leurs mères. Il eut droit à tout, survécut et ne fut jamais séduit par le caractère prétendument glorieux et romanesque du reportage de guerre.

En 1945, il appela le *National Geographic*. On l'attendait. Il acheta une moto à San Francisco, descendit vers Big Sur, fit l'amour avec une violoncelliste de Carmel sur la plage, et remonta explorer l'État de Washington. Il aima la région et décida d'y installer sa base.

Aujourd'hui, à cinquante-deux ans, il observait toujours la lumière. Il avait visité la plupart des lieux qui étaient inscrits sur les murs de sa chambre d'enfant et avait été émerveillé de s'y trouver, de s'asseoir au bar Raffles, de remonter l'Amazone dans un canot à moteur, d'être bercé par le rythme d'un chameau traversant le désert du Rajasthan.

La rive du lac Supérieur était aussi belle qu'on le lui avait décrit. Il nota les coordonnées de plusieurs endroits, pris quelques clichés pour se rafraîchir plus tard la mémoire et tourna au sud le long du Mississippi. Il n'était jamais allé dans l'Iowa mais les collines qui bordaient au nord-est le fleuve le séduisaient. Il s'arrêta dans la petite ville de Clayton, s'installa dans un motel de pêcheurs, passa deux matinées à photographier les remorqueurs et un après-midi sur une péniche, invité par le marinier qu'il avait rencontré dans le bar du coin. Coupant vers la Route 65, il traversa Des Moines tôt un lundi matin, le 16 août 1965, vira à l'ouest sur Iowa 92 et prit la direction du comté de Madison et des ponts couverts qui devaient s'y trouver, selon les affirmations du *National Geographic*. Ils étaient bien là, l'homme de la station Texaco le lui confirma en lui donnant des indications succinctes pour les atteindre tous les sept.

Il repéra les six premiers facilement,

mettant au point sa stratégie de prises de vue. Le septième, appelé pont Roseman, était introuvable. Il faisait chaud, il avait chaud, Harry — sa camionnette — avait chaud et il errait sur des chemins de traverse qui semblaient se croiser à l'infini.

En pays étranger, sa devise était « Demander trois fois ». Il avait découvert que trois épouses, même toutes fausses, vous aiguillaient progressivement vers l'endroit où vous vouliez aller. Peut-être qu'ici, deux fois suffiraient.

Une boîte aux lettres apparut, plantée devant une allée d'environ cent mètres. Sur la boîte, on pouvait lire : « Richard Johnson, RR 2. » Il ralentit et s'engagea dans l'allée pour demander son chemin.

Quand il s'arrêta dans la cour, une femme était assise sous le porche. Il avait l'air d'y faire frais et elle buvait quelque chose qui avait l'air plus frais encore. Elle quitta le porche pour venir vers lui. Il sortit de sa camionnette et la regarda, la regarda de plus près, d'encore plus près. Elle était ravissante, ou l'avait été à une époque, ou pouvait l'être encore. Et immédiatement, il se sentit envahi par cette vieille gaucherie qui le saisissait toujours quand il était face à des femmes qu'il désirait, même vaguement.

## Francesca

L'anniversaire de Francesca tombait au beau milieu de l'automne, et la pluie froide battait les murs de sa maison en bois dans la campagne du sud de l'Iowa. Elle regardait la pluie et les collines qui bordaient la rivière Middle, pensant à Richard. Il était mort, un jour comme celui-ci, huit ans auparavant, d'une maladie dont elle préférait ne pas se rappeler le nom. Mais Francesca pensait à lui maintenant, à sa gentillesse sans faille, à son tempérament égal, à la vie paisible qu'il lui avait donnée.

Les enfants avaient téléphoné. Ils n'avaient pas pu, cette fois encore, être là pour son anniversaire, bien qu'elle fêtât ses soixante-sept ans. Elle comprenait, comme toujours. Elle avait toujours compris. Elle comprendrait toujours. Ils étaient tous les deux pris par leur carrière, travaillant dur, gérant un hôpital, donnant des cours. Michael entamait son second mariage, Carolyn se battait avec son premier. Secrètement, elle était contente qu'ils ne puissent jamais se libérer pour son anniversaire ; elle avait ses cérémonies à elle ce jour-là.

Ce matin, ses amis de Winterset s'étaient arrêtés, apportant un gâteau. Francesca avait fait du café, pendant que la conversation roulait sur les petits-enfants, la ville, Thanksgiving et le choix des cadeaux de Noël. Les rires bon enfant, les bribes de conversation venant de la salle à manger dégageaient une familiarité rassurante et rappelaient à Francesca l'un des motifs mineurs pour lesquels elle était restée ici après la mort de Richard.

Michael avait vanté les avantages de la Floride, Carolyn ceux de la Nouvelle-Angleterre. Mais elle était restée dans les collines du sud de l'Iowa, sur sa terre, gardant sa vieille adresse pour une raison bien précise. Et elle était contente de l'avoir fait.

Francesca les avait regardés partir à l'heure du déjeuner. Ils avaient descendu l'allée dans leurs Buick et leurs Ford, ils s'étaient engagés sur la route pavée et avaient pris la direction de Winterset, leurs essuie-glace chassant la pluie. C'étaient de bons amis, même s'ils ne comprendraient jamais ce qui était au fond d'elle-même, ce qu'ils ne pourraient pas comprendre même si elle le leur racontait.

Son mari lui avait dit, quand il l'avait ramenée de Naples après la guerre, qu'elle se ferait ici de vrais amis. Il avait ajouté : « Dans l'Iowa, les gens ont leurs défauts, mais pas celui de l'indifférence. » Et c'était vrai, c'est vrai.

Elle avait vingt-cinq ans au moment de leur rencontre — elle, sortie de l'université depuis trois ans, enseignante dans une école privée pour jeunes filles, s'interrogeant sur le sens de sa vie. La plupart des jeunes Italiens étaient morts, blessés, emprisonnés ou brisés par la guerre. Sa relation avec Niccolo, qui enseignait l'art à l'université et peignait toute la journée — il l'entraînait la nuit dans des virées délirantes, téméraires, de l'underground napolitain — était terminée depuis un an, laminée par la désapprobation constante de ses parents traditionalistes.

Elle portait des rubans dans ses cheveux noirs et s'accrochait à ses rêves. Mais aucun beau marin n'avait débarqué à sa recherche, aucune voix ne montait de la rue pour l'appeler à sa fenêtre. Le dur poids de la réalité l'avait obligée à reconnaître que ses choix étaient limités. Richard lui offrait une alternative raisonnable : sa gentillesse et la douce promesse des États-Unis.

Elle l'avait étudié dans son uniforme de soldat tandis qu'ils étaient assis dans un café sous le soleil méditerranéen. Elle avait vu la franchise dans son regard d'habitant du Midwest, et elle l'avait suivi dans l'Iowa. Elle était venue pour avoir des enfants, pour regarder Michael jouer au football les froides nuits d'octobre, pour emmener Carolyn à Des Moines choisir ses robes de bal. Plusieurs fois par an, elle avait échangé des lettres avec sa sœur restée à Naples ; elle y était retournée deux fois, à la mort de ses parents. Mais le comté de Madison était désormais son foyer, et elle n'avait pas envie de rentrer au pays.

La pluie s'arrêta en milieu d'après-midi, puis reprit juste avant le soir. Au crépuscule, Francesca se versa un brandy et ouvrit le dernier tiroir du bureau à cylindre de Richard, un meuble en noyer qui était depuis trois générations dans sa famille. Elle sortit une enveloppe de papier kraft et la caressa lentement, comme elle le faisait chaque année ce jour-là.

Le cachet de la poste indiquait « Seattle, WA, 12 Sept. 65. » Elle regardait toujours le cachet de la poste d'abord. Cela faisait partie du rituel. Puis l'adresse écrite à la main : « Francesca Johnson, RR2, Winterset, Iowa ». Puis l'adresse de l'expéditeur, gribouillée en haut à gauche : « Boîte 642, Bellingham, Washington ». Elle s'assit dans un fauteuil près de la fenêtre, regarda les adresses et se concentra, car le mouvement de ses mains était inscrit là, et elle voulait retrouver la sensation de ses mains posées sur son corps, vingt-deux ans plus tôt.

Quand elle put sentir ses mains la toucher, elle ouvrit l'enveloppe, sortit avec précaution trois lettres, un court manuscrit, deux photographies et un numéro du *National Geographic,* ainsi que des articles découpés dans d'autres numéros du magazine. Là, dans la lumière grise pâlissante, elle but une gorgée de brandy, regardant par-dessus ses lunettes la page manuscrite agrafée aux feuillets dactylographiés. La lettre était écrite sur un papier à lettres tout simple, qui portait seulement comme en-tête « Robert Kincaid, écrivain-photographe », imprimé en caractères discrets.

*Le 10 septembre 1965*

*Chère Francesca,*

*Ci-joint deux photographies. L'une est une photo de toi que j'ai prise dans le champ au lever du soleil. J'espère que tu l'aimeras autant que moi. La seconde est une photo du pont*

*Roseman avant que je retire le message que tu y avais accroché.*

*Je suis ici, parcourant les recoins sombres de ma mémoire pour retrouver chaque détail, chaque instant que nous avons passé ensemble. Je me répète sans cesse : « Que m'est-il arrivé dans le comté de Madison, Iowa ? » Je me bats pour comprendre. C'est pour cela que j'ai écrit le petit texte joint, « En tombant de la dimension Z », afin d'émerger de la confusion.*

*Je regarde dans un objectif, et tu es là. Je commence à écrire un article, et je parle de toi. Je ne sais même plus comment je suis rentré de l'Iowa. D'une manière ou d'une autre, ma vieille camionnette m'a ramené, pourtant je me rappelle à peine le trajet.*

*Il y a quelques semaines, je me sentais épanoui, raisonnablement satisfait. Peut-être pas profondément heureux, sans doute un peu seul, mais du moins satisfait. Tout cela a changé.*

*Je comprends clairement aujourd'hui que j'allais vers toi, et toi vers moi, depuis très longtemps. Bien que ni toi ni moi ne le sachions avant de nous rencontrer, il y avait une cer-*

*titude insouciante qui fredonnait gaiement, accompagnant notre ignorance, assurant que nous nous rencontrerions. Comme deux oiseaux solitaires survolent les grandes prairies portés par les voies célestes, toutes ces années et toutes ces vies nous sommes allés l'un vers l'autre.*

*Le voyage est une chose étrange. En chemin, j'ai levé les yeux et tu marchais à travers les herbes vers ma camionnette un jour d'août. Rétrospectivement, cela semble inévitable — il n'aurait pas pu en être autrement — ce que j'appelle la haute probabilité de l'improbable.*

*Et me voilà tournant autour de cette autre personne à l'intérieur de moi. Bien que je croie avoir été plus juste en disant, le jour où nous nous sommes séparés, que nous avions créé tous les deux une troisième personne, laquelle désormais m'accompagne.*

*D'une façon ou d'une autre, nous devons nous revoir. N'importe où, n'importe quand.*

*Appelle-moi si tu as besoin de quoi que ce soit ou si tu veux simplement me voir. Je viendrai, pronto. Fais-moi savoir si tu peux venir ici à un moment — n'importe quand. Je peux m'occuper du billet, si c'est un problème. Je pars dans le sud-est de l'Inde la semaine prochaine, mais je serai de retour fin octobre.*

*Je t'aime.*

*Robert*

*P.S. : Le reportage sur le comté de Madison a bien marché. Surveille le* National Geographic *l'année prochaine. Ou dis-moi si tu veux que je t'envoie le numéro quand il paraîtra.*

Francesca Johnson posa son verre de brandy sur le large rebord en chêne de la fenêtre et regarda son portrait en noir et blanc 8 × 10. Elle avait du mal parfois à se rappeler l'air qu'elle avait alors, vingt-deux ans plus tôt. Dans un jean serré et délavé, des sandales et un T-shirt blanc, les cheveux balayés par le vent du matin, elle s'appuyait à un poteau de la barrière.

À travers la pluie, de sa place près de la fenêtre, elle pouvait apercevoir le poteau, là où la vieille barrière entourait encore le champ. Quand elle avait loué la terre, après la mort de Richard, elle avait stipulé qu'on ne devait pas toucher à ce champ, bien qu'il fût maintenant en friche, envahi par les mauvaises herbes.

Sur cette photo, les premières rides commençaient juste à marquer son visage. Son objectif les avait trouvées. Cependant, elle était satisfaite de ce qu'elle regardait. Ses cheveux étaient noirs et son corps plein et généreux était bien mis en valeur par son jean moulant. Pourtant, c'était son visage qu'elle détaillait. Le visage d'une femme désespérément amoureuse de l'homme qui prenait la photo.

Elle le voyait clairement lui aussi, dans le flot de ses souvenirs. Chaque année, elle évoquait ces images, méticuleusement, se souvenant de tout, n'oubliant rien, les imprimant dans sa mémoire une à une, pour toujours, comme les hommes des tribus se transmettent un récit oral de génération en génération. Il était grand, mince et musclé, et il se déplaçait comme l'herbe elle-même, sans effort, gracieusement. Ses cheveux gris argent mi-longs avaient presque toujours l'air décoiffés, comme s'il revenait juste d'un long voyage en mer, battu par le vent, et qu'il avait essayé de les remettre en place avec la main.

Son visage étroit, ses pommettes hautes et ses cheveux qui tombaient sur son front mettaient en valeur ses yeux bleu clair qui semblaient toujours chercher ce qu'il allait photographier. Il lui avait souri en disant combien elle semblait belle et sensuelle dans cette lumière du matin, il lui avait demandé de s'appuyer à la barrière, et il avait décrit un large cercle autour d'elle, se mettant à genoux pour la prendre en photo, puis debout, puis couché sur le dos, l'objectif braqué sur elle.

Elle avait été légèrement embarrassée par la quantité de pellicule qu'il utilisait mais heureuse de l'attention qu'il lui portait. Elle espérait qu'aucun de ses voisins n'était sorti à cette heure sur son tracteur. Bien que ce matin-là, elle ne se fût pas vraiment inquiétée de ses voisins et de leurs opinions.

Il la prenait en photo, remettait une pellicule, changeait d'objectif, d'appareil, la photographiait encore et lui parlait doucement en travaillant, il lui répétait combien elle était belle et combien il l'aimait. « Francesca, tu es incroyablement belle. » Parfois, il s'arrêtait et se contentait de la regarder, d'un regard qui la transperçait, l'encerclait, la pénétrait.

Ses seins se dessinaient nettement, tendus sous le T-shirt de coton blanc. Elle avait été étrangement insouciante de cela, de son corps nu sous le T-shirt. Cela lui plaisait même plutôt, elle se réjouissait qu'il puisse apercevoir ses seins dans l'objectif. Elle ne se serait jamais habillée comme cela avec Richard. Il n'aurait pas apprécié. En fait, avant de rencontrer Robert Kincaid, elle ne se serait jamais habillée de cette manière, dans aucune circonstance.

Robert lui avait demandé d'arquer très légèrement le dos et il avait murmuré : « Oui, oui, c'est parfait, ne bouge plus. » C'est alors qu'il avait pris la photo qu'elle contemplait maintenant. La lumière était parfaite, avait-il dit — « une luminosité nuageuse », telle avait été son expression — et l'obturateur cliquetait régulièrement tandis qu'il tournait autour d'elle.

Il était agile, c'était le mot qui lui était venu à l'esprit en le regardant. À cinquante-deux ans, il avait un corps tout en muscles, des muscles qui bougeaient avec l'intensité et la force qu'ont seuls les hommes qui travaillent dur et prennent soin d'eux-mêmes. Il lui avait raconté qu'il avait fait la guerre dans le Pacifique en tant que photographe et Francesca pouvait l'imaginer montant sur les plages noyées de fumée, l'œil collé à l'objectif, l'obturateur brûlant sous le feu des photos.

Elle regarda à nouveau la photographie, l'étudia. « J'étais effectivement belle », pensa-t-elle, se moquant d'elle-même pour cette légère trace de vanité. « Je n'ai jamais eu l'air si belle ni avant ni après. C'était lui. » Et elle prit une autre gorgée de brandy tandis que la pluie enfourchait le vent du nord et galopait sur son dos.

Dans son genre, Robert Kincaid était un magicien qui vivait en lui-même dans des régions étranges, presque dangereuses. Francesca avait senti cela tout de suite en ce chaud et sec lundi d'août 65, quand il était apparu dans son allée en descendant de sa camionnette. Richard et les enfants étaient à la foire de l'Illinois, pour présenter un bouvillon de concours auquel ils accordaient plus d'attention qu'à Francesca, et elle avait la semaine entière pour elle toute seule.

Assise sur la balançoire du porche, en sirotant un thé glacé, elle avait observé la spirale de poussière que soulevait une camionnette sur la route de campagne. Elle avançait lentement, comme si le conducteur cherchait quelque chose, elle s'arrêta juste devant son allée et tourna en direction de la maison. « Oh, mon Dieu ! avait-elle pensé. Qui est-ce ? »

Elle était pieds nus, vêtue d'une vieille chemise bleu délavé aux manches retroussées, qu'elle portait par-dessus son jean. Ses longs cheveux noirs étaient retenus par un peigne en écaille de tortue que lui avait donné son père quand elle avait quitté le pays. La camionnette remonta l'allée et s'arrêta près du portail de la barrière qui entourait la maison.

Francesca quitta le porche et marcha tranquillement à travers les herbes jusqu'à la barrière. Et Robert Kincaid descendit de sa camionnette, vision sortie d'un livre jamais écrit, qui s'intitulerait *Une histoire illustrée des chamans*.

Sa chemise militaire beige collait à son dos couvert de sueur, laquelle faisait aussi de larges cercles sombres sous ses bras. Les trois premiers boutons de sa chemise étaient ouverts et elle pouvait apercevoir les muscles durs de son torse sous la chaîne d'argent autour de son cou. Il portait de larges bretelles orange, comme les hommes qui passent le plus clair de leur temps au grand air.

Il sourit. « Je suis désolé de vous déranger, mais je cherche par ici un pont couvert et je ne le trouve pas. Je crois que je me suis perdu. » Il essuya son front avec un bandana bleu et sourit à nouveau.

Ses yeux la regardaient bien en face, et elle sentit quelque chose monter en elle. Les yeux, la voix, le visage, les cheveux argentés, la manière naturelle dont bougeait son corps, une manière troublante, attirante qui éveille une mémoire ancienne. Une manière qui vous envahit comme un chuchotement à l'instant précis où le sommeil vient, quand les barrières sont tombées. Une manière qui combine autrement les molécules entre mâle et femelle, qu'elle qu'en soit l'espèce.

Les générations doivent se perpétuer et les manières murmurent finalement cette seule exigence, rien de plus. Le pouvoir qui s'exprime là est infini, son dessein suprêmement élégant. Les manières sont immuables, leur but est clair. Les manières sont simples, nous les avons rendues compliquées. Francesca sentit cela sans s'en rendre compte, elle le sentit dans toutes les fibres de son être. Et commença alors ce qui devait la changer pour toujours.

Une voiture passa sur la route, soulevant la poussière et klaxonna au passage. Francesca fit un signe de la main au bras bronzé de Floyd Clark qui saluait de sa Chevy et se retourna vers l'étranger. « Vous êtes tout près. Le pont est seulement à un kilomètre d'ici. » Alors, après vingt ans d'une vie confinée, une vie aux comportements bien réglés où l'on cachait ses sentiments dans la soumission à la culture rurale, Francesca Johnson se surprit elle-même en disant : « Je serais heureuse de vous le montrer si vous voulez. »

Pourquoi avait-elle fait cela, elle n'en savait rien au fond. Peut-être des émotions de jeunesse qui resurgissaient, comme une bulle d'air à la surface de l'eau, libérées après toutes ces années. Elle n'était pas timide, mais pas non plus audacieuse. La seule chose qu'elle pouvait conclure c'est que Robert Kincaid l'avait attirée d'une manière ou d'une autre, un regard de quelques secondes avait suffi.

Il fut visiblement un peu surpris par son offre. Mais il se reprit vite et, d'un air sérieux, dit qu'il serait ravi. Elle attrapa au bas de l'escalier les bottes de cow-boy qu'elle utilisait pour les travaux de la ferme et marcha jusqu'à sa camionnette, s'arrêtant du côté du passager.

« Donnez-moi une minute, y'a pas mal de

trucs là-dedans. » Il marmonnait surtout pour lui-même en s'activant et elle se rendait compte qu'il était un peu désarçonné et gêné par toute cette affaire.

Le voilà qui arrangeait des sacs de toile et des trépieds, une Thermos et des sacs en papier. Dans le coffre de la camionnette se trouvaient une vieille Samsonite beige et un étui à guitare, poussiéreux et bosselés, accrochés à une roue de secours avec un bout de corde à linge.

La portière se referma, heurtant son dos, tandis qu'il fourrait en grommelant des tasses à café et des pelures de banane dans un sac en papier brun qu'il jeta pour finir dans le coffre. Il retira enfin une glacière bleu et blanc et la rangea elle aussi. Peint en rouge décoloré, on lisait sur la porte verte de la camionnette « Kincaid Photographe, Bellingham, Washington. »

« OK, je pense que vous pouvez vous glisser maintenant. » Il lui tint la portière qu'il referma sur elle, puis marcha jusqu'à la place du conducteur et sauta au volant avec une grâce particulière, presque animale. Il la regarda, juste un instant, eut un léger sourire et demanda : « De quel côté ?

— À droite. » Elle fit un geste de la main. Il mit le contact, et le vieux moteur démarra en pétaradant. Ils descendent l'allée pour rejoindre la route, secoués par les bosses... ses longues jambes appuient sur les pédales automatiquement, son vieux jean tombe sur des bottes de marche brunes, lacées de cuir, qui ont parcouru des milliers de kilomètres.

Il se pencha pour atteindre la boîte à gants, son bras frôla par mégarde la cuisse de Francesca. Un œil sur le pare-brise et l'autre sur la boîte à gants, il sortit une carte de visite et la lui tendit. « Robert Kincaid, écrivain-photographe. » Son adresse était imprimée, ainsi que son numéro de téléphone.

« Je fais un reportage pour le *National Geographic*, dit-il. Vous connaissez ?

— Oui. » Francesca hocha la tête, en pensant : « qui ne le connaît pas ? »

« Ils font un article sur les ponts couverts, et dans le comté de Madison il y en a apparemment d'importants. J'en ai trouvé six, mais je pense qu'il en existe au moins un de plus et qui devrait être par ici.

— On l'appelle le pont Roseman », dit Francesca par-dessus le bruit du vent, des pneus et du moteur. Sa voix lui semblait étrange, comme si elle appartenait à quelqu'un d'autre, à une jeune Napolitaine qui se penchait à sa fenêtre, regardait au loin la gare ou le port et rêvait aux lointains amants à venir. En parlant, elle observait les muscles de son avant-bras se tendre tandis qu'il passait les vitesses.

Derrière elle, il y avait deux sacs à dos. L'un était fermé, mais dans l'autre, au rabat ouvert, elle pouvait apercevoir le couvercle argenté et la boîte noire d'un appareil photo. Le couvercle d'un emballage de pellicule, « Kodachrome II, 25-36 poses », était scotché au dos de l'appareil. Fourrée derrière les sacs, une veste beige à plusieurs poches. De l'une d'entre elles pendait une fine corde au bout de laquelle était accroché une sorte de piston.

À ses pieds, se trouvaient deux trépieds bien abîmés, mais on distinguait encore le mot « Gitzo » sur l'étiquette usée de l'un d'eux. Quand il avait ouvert la boîte à gants, elle avait remarqué que celle-ci était bourrée de carnets, de cartes routières, de stylos, d'emballages de film, de monnaie et d'une cartouche de Camel.

« Tournez à droite au prochain carrefour », dit-elle. Cela lui donna une excuse pour regarder le profil de Robert Kincaid. Sa peau était bronzée, lisse et brillante de sueur. Il avait une belle bouche, elle l'avait remarqué tout de suite. Et son nez était comme ceux de certains Indiens qu'elle avait vus pendant les vacances qu'ils avaient passées dans l'Ouest quand les enfants étaient petits.

Il n'était pas beau, pas de manière conventionnelle. Il n'était pas laid non plus. Ces termes ne lui convenaient pas. Mais il y avait quelque chose, quelque chose en lui. Quelque chose de très vieux, de légèrement meurtri par les ans, pas dans son apparence, mais dans ses yeux.

À son poignet gauche, il portait une montre qui avait l'air très compliquée, avec un bracelet de cuir brun, taché de sueur. Un bracelet d'argent fait d'arabesques entrelacées était accroché à son poignet droit. « Il a besoin d'un bon nettoyage », pensa-t-elle, puis elle s'en voulut d'être ainsi prisonnière des conventions provinciales qu'elle avait secrètement rejetées toutes ces années.

Robert Kincaid sortit un paquet de cigarettes de la poche de sa chemise, en tira une et la lui offrit. Pour la seconde fois en cinq minutes, elle se surprit elle-même et accepta. « Qu'est-ce qui me prend ? » pensa-t-elle. Elle avait fumé des années auparavant mais avait arrêté sous les constantes critiques de Richard. Il en sortit une autre, la glissa entre ses lèvres, puis alluma un Zippo doré et le tendit vers elle tout en gardant les yeux sur la route.

Elle entoura le briquet de ses mains pour se protéger du vent et dans ce geste toucha la sienne pour la maintenir contre les soubresauts de la camionnette. Il lui fallut seulement un instant pour allumer sa cigarette, mais cela lui suffit pour sentir la chaleur de sa main et son léger duvet. Elle se recula et il ramena le briquet vers sa cigarette, se protégeant de manière experte contre le vent, retirant ses mains du volant une seule seconde pour l'allumer.

Francesca Johnson, femme de fermier, s'enfonça dans le siège poussiéreux de la camionnette, aspira une bouffée et fit un geste de la main. « C'est là, juste derrière le tournant. » Le vieux pont, d'un rouge craquelé, légèrement penché par les ans, enjambait une petite rivière.

Robert Kincaid sourit alors. Il la regarda un instant et dit : « C'est formidable... Une photo de lever du soleil. » Il s'arrêta à cinquante mètres du pont, sortit de la camionnette et prit le sac à dos au rabat ouvert. « Je vais faire un petit tour de reconnaissance quelques minutes, ça ne vous ennuie pas ? » Elle avait secoué la tête et lui avait rendu son sourire.

Francesca le regarda monter la route de campagne, prendre son appareil dans le sac, puis enfiler la bride du sac sur son épaule. Il avait fait des milliers de fois ce mouvement-là. La fluidité de son geste le lui disait. Tandis qu'il marchait, il n'arrêtait pas de bouger la tête, regardant de droite et de gauche, puis le pont, et les arbres derrière le pont. Un instant, il se tourna vers elle, l'air grave.

Comparé aux gens du coin qui se nourrissaient de pommes de terre en sauce et de viande rouge, certains trois fois par jour, Robert Kincaid avait un air à ne manger que des fruits, des noix et des légumes. Dur, pensa-t-elle. Il a l'air physiquement dur. Elle remarqua aussi comme ses fesses étaient étroites dans son jean serré — elle pouvait voir les contours des billets de banque dans une des poches, et du bandana dans l'autre — et comme il semblait se déplacer sans mouvement superflu.

Tout était calme. Un rouge-gorge perché sur une barrière la regardait. Un pipit des prés poussa un cri dans l'herbe qui bordait la route. Rien d'autre ne semblait bouger sous ce ciel blanc d'août.

Juste avant le pont, Robert Kincaid s'arrêta. Il resta debout un moment, puis s'accroupit, regardant dans son appareil photo. Il traversa la route et fit les même gestes. Il pénétra sous le pont couvert et étudia les poutres et le plancher, observa la rivière à travers une fente latérale.

Francesca écrasa sa cigarette dans le cendrier, ouvrit la portière et ses bottes touchèrent le gravier. Elle jeta un coup d'œil pour s'assurer qu'aucune voiture du voisinage n'arrivait et marcha vers le pont. Le soleil tapait dur en cette fin d'après-midi et il avait l'air d'y faire plus frais. Elle aperçut la silhouette de Robert Kincaid à l'autre bout du pont tandis qu'il disparaissait le long de la pente qui menait à la rivière.

Sous le pont, elle entendait les pigeons roucouler à l'abri du toit et elle posa sa main sur les travées, sentant la chaleur. Des graffitis étaient gribouillés sur certaines planches : « Jimbo — Denison, Iowa. » « Sherry + Dubby. » « Allez les Hawks ! » Les pigeons continuaient à roucouler doucement.

Francesca jeta un coup d'œil à travers une fente entre deux planches de traverse en direction du cours d'eau où avait disparu Robert Kincaid. Il était debout sur un rocher au milieu de la petite rivière, observant le pont, et elle fut surprise de le voir lui faire un signe de la main. Il sauta sur la rive et grimpa la pente raide avec aisance. Elle garda le regard fixé sur l'eau jusqu'au moment où elle entendit le bruit de ses bottes sur le plancher.

« C'est vraiment bien ici, vraiment joli », dit-il d'une voix qui résonna sous le pont couvert.

Francesca hocha la tête. « Oui. Pour nous, ces ponts font partie du décor et nous n'y attachons pas d'importance. »

Il s'avança vers elle et lui tendit un petit bouquet de fleurs sauvages, des marguerites jaunes. « Merci pour la visite guidée. » Il sourit doucement. « Je reviendrai à l'aube un de ces jours pour faire mes photos. » À nouveau, elle sentit quelque chose monter en elle. Des fleurs. Personne ne lui offrait de fleurs, même pour les grandes occasions.

« Je ne connais pas votre nom », observa-t-il. Elle se rendit compte qu'elle n'y avait pas pensé et se sentit idiote. Quand elle lui dit son nom, il hocha la tête : « J'ai remarqué que vous aviez un très léger accent. Italienne ?

— Oui. Il y a longtemps. »

Retour à la camionnette verte. Le long des routes gravillonnées sous le soleil couchant. Ils croisèrent deux voitures, mais personne que Francesca connaissait. Durant les quatre minutes qu'il leur fallut pour atteindre la ferme, elle se perdit dans une rêverie, se sentant troublée, bizarre. Il lui en fallait plus. Plus sur Robert Kincaid, écrivain-photographe. Elle voulait en savoir plus. Elle serrait les fleurs sur ses genoux, bien droites, comme une jeune écolière qui rentre d'une sortie.

Le rouge lui montait aux joues. Elle le sentait. Elle n'avait rien fait, rien dit, mais c'était pareil. La radio, presque indistincte sous les rugissements de la route et du vent, diffusa une chanson accompagnée à la guitare sèche, suivie des nouvelles de cinq heures.

Il engagea sa camionnette dans l'allée. « Richard est votre mari ? » Il avait vu la boîte aux lettres.

« Oui », dit Francesca, le souffle légèrement court. Une fois qu'elle se fut lancée, les mots continuèrent à venir. « Il fait plutôt chaud ? Vous voulez un thé glacé ? »

Il lui jeta un coup d'œil. « Si ça ne vous dérange pas, je ne demande pas mieux.

— Ça ne me dérange pas », répondit-elle.

Elle lui indiqua — avec décontraction, espérait-elle — où se garer derrière la maison. Ce qu'elle ne voulait pas, c'est qu'à son retour, un des voisins dise à Richard : « Hé, Dick, t'as des ouvriers chez toi : j'ai vu une camionnette verte la semaine dernière. J'savais que Frannie était là, alors j'me suis pas inquiété. »

Ils montèrent les marches de béton cassées qui menaient à la porte de derrière. Il lui tint la porte, ses sacs à dos à la main. « Il fait sacrément trop chaud pour laisser le matériel dans la camionnette », avait-il dit en les sortant.

Un peu plus frais dans la cuisine, mais encore lourd. Le colley renifla les bottes de Kincaid, puis retourna sous le porche et se rendormit pendant que Francesca sortait la glace d'un bac en métal et versait le thé contenu dans une grande carafe en verre. Elle savait qu'assis à la table de la cuisine, ses longues jambes dépliées, se brossant les cheveux à deux mains, il l'observait.

« Citron ?

— Oui, s'il vous plaît.

— Du sucre ?

— Non, merci. »

Le jus de citron coula lentement le long du verre, et il le remarqua aussi. Peu de choses échappaient à Robert Kincaid.

Francesca posa le verre devant lui. Elle plaça le sien de l'autre côté de la table en Formica et arrangea ses fleurs dans un vieux pot de confiture décoré de Donald Duck. Penchée vers le plan de travail, elle se mit en équilibre sur une jambe, et retira une botte. Puis elle posa son pied nu par terre et recommença les mêmes mouvements pour l'autre botte.

Il prit une gorgée de thé et la regarda. Elle devait faire un mètre soixante-sept, la quarantaine ou un peu plus, un joli visage et un corps agréable, sensuel. Mais des jolies femmes, il y en avait partout. Ces caractéristiques physiques étaient agréables, pourtant l'intelligence, la passion de vivre, la capacité d'émouvoir et d'être ému par les choses de l'esprit et de l'âme, c'était tout cela qui comptait à ses yeux. C'est pourquoi il trouvait la plupart des jeunes femmes peu désirables, en dépit de leur beauté apparente. Elles n'avaient pas vécu assez ou assez fort pour posséder les qualités qui l'intéressaient.

Mais il y avait quelque chose en Francesca Johnson qui l'intéressait vraiment. Il y avait chez elle de l'intelligence, il le sentait. Et il y avait de la passion, bien qu'il ne saisisse pas vers quoi celle-ci était dirigée ou si elle avait même une direction.

Plus tard, il lui dirait que, de manière indéfinissable, la regarder retirer ses bottes ce jour-là avait été un des moments les plus sensuels de sa vie. Pourquoi ? Cela n'avait pas d'importance. Ce n'était pas comme ça qu'il approchait la vie. « L'analyse détruit l'unité. Certaines choses, les choses magiques, ont besoin d'être vues comme un tout. Si on les fragmente, elles disparaissent. » C'était ce qu'il avait dit.

Elle s'assit à la table, une jambe repliée

sous elle, et remonta des mèches de cheveux qui avaient glissé sur son visage, les rattachant avec le peigne en écaille de tortue. Puis, se ravisant soudain, elle se leva pour prendre dans le placard un cendrier et le posa sur la table à sa portée.

Avec cette permission tacite, il sortit son paquet de Camel et le lui tendit. Elle en prit une et remarqua qu'elle était légèrement mouillée par sa forte transpiration. Même rituel. Il lui tendit le Zippo doré, elle toucha sa main pour assurer son geste, effleurant sa peau du bout des doigts, et se renfonça dans son siège. La cigarette avait un goût délicieux et elle sourit.

« Que faites-vous exactement — je veux dire avec la photo ? »

Il regarda sa cigarette et parla d'une voix calme : « Je suis reporter — euh, photographe — sous contrat avec le *National Geographic*, à mi-temps. j'ai des idées, je les vends au magazine et je fais le reportage. Ou bien, ils ont un projet et ils me contactent. Ça n'est pas vraiment créatif, le magazine est plutôt conservateur. Mais le salaire est convenable.

Pas formidable, mais bon et régulier. Le reste du temps, j'écris et je photographie les choses qui me plaisent et j'envoie ces articles à d'autres magazines. Si la situation devient trop dure, j'exécute des commandes pour les entreprises, bien que je trouve ça très limité.

« Parfois j'écris des poèmes, juste pour moi. De temps en temps, je travaille sur un petit roman, mais je ne semble pas être vraiment doué pour ça. Je vis au nord de Seattle et je travaille beaucoup dans cette région. J'aime photographier les bateaux de pêche, les réserves indiennes et les paysages.

« Le travail pour le *National Geographic* m'oblige souvent à m'installer sur les lieux plusieurs mois, surtout quand il s'agit d'un grand article sur, disons, une partie de l'Amazonie ou le Sahara. Généralement, pour un article comme celui sur lequel je travaille en ce moment, je prends l'avion et je loue une voiture sur place. Mais j'avais envie de traverser certaines régions et d'y faire des repérages pour de futurs articles. Je suis venu ici en passant par le lac Supérieur et je rentrerai par les Montagnes noires. Et vous ? »

Francesca ne s'était pas attendue à ce qu'il lui pose cette question. Elle balbutia un peu : « Oh, mon Dieu, rien à voir. J'ai un diplôme de littérature comparée. Winterset avait du mal à trouver des professeurs quand je suis arrivée ici en 1946, et, comme j'étais mariée à un vétéran du coin, je faisais une candidate acceptable. Alors j'ai passé mon professorat et j'ai enseigné au lycée quelques années. Mais Richard n'aimait pas que je travaille. Il disait qu'il gagnait suffisamment et que ce n'était pas nécessaire, surtout quand les deux enfants étaient petits. Alors j'ai arrêté et je suis devenue femme de fermier à plein temps. C'est tout. »

Elle remarqua qu'il avait presque fini son thé glacé et lui en versa un peu plus.

« Merci. Et vous aimez l'Iowa ? »

Cette question ouvrait un moment de vérité. La réponse standard était : « Tout à fait. C'est un coin tranquille. Les gens sont vraiment gentils. »

Elle ne répondit pas tout de suite. « Est-ce que je pourrais avoir une autre cigarette ? » À nouveau le paquet de Camel, à nouveau le briquet, à nouveau elle toucha sa main, légèrement. Le soleil traversait le porche, se posant sur le chien qui se leva et disparut. Francesca, pour la première fois, regarda Robert Kincaid dans les yeux.

« Je suis censée répondre : "Tout à fait. C'est un coin tranquille. Les gens sont vraiment gentils." Ce qui est vrai, en partie. C'est un coin tranquille. Et les gens *sont* gentils, d'une certaine manière. Nous nous soutenons tous. Si quelqu'un est malade ou blessé, les voisins mettent la main à la pâte, ramassent le maïs ou l'avoine et font ce qui doit être fait. En ville, vous n'avez pas besoin de fermer votre voiture et vous pouvez laisser vos enfants courir sans vous inquiéter. Il y a beaucoup de bonnes choses chez les gens d'ici et je les respecte pour ces qualités.

« Mais... — elle hésita, tira une bouffée de sa cigarette et regarda Robert Kincaid de l'autre côté de la table — ce n'est pas ce dont j'avais rêvé dans ma jeunesse. » La confession, enfin. Les mots étaient là depuis des années et elle ne les avait jamais prononcés. Elle les disait maintenant à un homme de Bellingham, qui conduisait une camionnette verte.

Il ne dit rien un moment. Puis : « J'ai griffonné quelque chose dans mon carnet l'autre jour, pour l'avenir. L'idée m'est venue en conduisant, ça m'arrive souvent. C'est quelque chose comme ça : "Les vieux rêves étaient des bons rêves. Ils ne se sont pas réalisés, mais je suis content de les avoir eus." Je ne sais pas exactement ce que cela signifie, mais je m'en servirai d'une manière ou d'une autre. Je pense que je comprends un peu ce que vous ressentez. »

Francesca lui sourit. Pour la première fois, son sourire était chaleureux et profond. Et son instinct de joueuse prit le dessus. « Est-ce que vous voulez rester dîner ? Ma famille n'est pas là, je n'ai pas grand-chose sous la main, mais je peux improviser.

— Eh bien, j'en ai un peu assez des épiceries et des restaurants. Ça, c'est certain. Si ça ne vous pose pas trop de problèmes, je serais ravi.

— Est-ce que vous aimez les côtes de

porc ? Je pourrais les faire avec des légumes du jardin.

— Pour moi, simplement des légumes. Je ne mange pas de viande. Pas depuis des années. Ça n'est pas une affaire d'État mais je me sens mieux comme ça. »

Francesca sourit à nouveau. « Votre point de vue ne serait pas très populaire dans le coin. Richard et ses amis diraient que vous essayez de leur ôter le pain de la bouche. Je ne mange pas beaucoup de viande non plus, je ne sais pas exactement pourquoi, mais je n'y tiens pas. Ceci dit, chaque fois que j'essaie de faire un repas végétarien à ma famille, ils poussent des cris d'horreur. Alors j'ai renoncé. Ce sera amusant d'inventer quelque chose de différent pour une fois.

— D'accord, mais ne vous donnez pas trop de mal pour moi. Écoutez, j'ai un tas de pellicules dans ma glacière. Il faut que je vide la glace fondue et que j'organise un peu les choses. Ça va me prendre un petit moment. » Il se leva et avala sa dernière gorgée de thé.

Elle le regarda franchir la porte de la cuisine, traverser le porche et s'engager dans le champ. Il n'avait pas claqué la porte comme tout le monde mais l'avait fermée doucement. Juste avant de sortir, il s'était baissé pour caresser le colley qui l'avait récompensé de cette attention en lui léchant les bras.

Au premier étage, Francesca se fit couler un bain rapide et, tandis qu'elle se séchait, elle observa la cour par-dessus le rideau couleur café. Les valises de Robert Kincaid étaient ouvertes et il était en train de se laver à la vieille pompe à bras. Elle aurait dû lui dire qu'il pouvait prendre une douche à l'intérieur s'il le voulait. Elle avait failli le faire, avait hésité un instant en considérant le degré de familiarité que cela impliquait, et, perdue dans ses contradictions, avait oublié d'en parler.

Mais Robert Kincaid s'était déjà lavé en de bien pires conditions. Avec des baquets d'eau rance au cœur des contrées du Tigre, avec sa gourde au milieu du désert. Dans la cour de sa ferme, il s'était déshabillé jusqu'à la taille et se servait d'une chemise sale qui lui tenait lieu à la fois de gant et de serviette. « Une serviette, se réprimanda-t-elle. J'aurais pu au moins lui donner une serviette. »

Son rasoir, posé sur le ciment à côté de la pompe, accrochait la lumière, elle le regarda se savonner le visage et se raser. Il était — « encore ce mot », pensa-t-elle — dur. Il n'était pas très grand, un peu plus de un mètre soixante-quinze, plutôt mince. Mais il avait des épaules très musclées pour sa taille et son ventre était aussi plat qu'une lame de couteau. Il ne paraissait pas son âge, quel qu'il fût, et il ne ressemblait en rien aux habitants du coin qui mettaient trop de sirop d'érable sur leurs crêpes au petit déjeuner.

Lors de ses dernières courses à Des Moines, elle avait acheté un nouveau parfum — Chant du Vent — et elle s'en mit un peu, parcimonieusement. Quelle tenue adopter ? Elle trouvait qu'il ne fallait pas trop en faire puisqu'il était encore en vêtements de travail. Une chemise blanche à manches longues qu'elle releva au-dessus du coude, un jean propre, des sandales. Les boucles d'oreilles créoles dorées dont Richard disait qu'elles lui donnaient un air coquin et un bracelet en or.

Les cheveux rejetés en arrière, simplement retenus par un clip. Ça semblait bien.

Quand elle descendit dans la cuisine, il était installé avec ses sacs à dos et sa glacière, portant une chemise kaki propre sous ses bretelles orange. Sur la table, il y avait trois appareils photo, cinq objectifs et une cartouche pleine de Camel. Tous les appareils portaient la marque « Nikon ». Ainsi que les objectifs noirs, les petits, les moyens et le plus grand. L'équipement était rayé, cabossé par endroits. Mais il le maniait avec précaution, et pourtant très naturellement ; il nettoyait, brossait et soufflait la poussière.

Il leva les yeux vers elle, l'air sérieux de nouveau, timide. « J'ai de la bière dans la glacière. Vous en voulez une ?

— Oui, avec plaisir. »

Il sortit deux Budweiser. Quand il avait soulevé le couvercle, elle avait aperçu des bouteilles de plastique transparentes bourrées de pellicules, comme des copeaux de bois. Et quatre bouteilles de bière, en plus de celles qu'il avait prises.

Francesca ouvrit un tiroir pour trouver un

décapsuleur. Mais il dit : « J'ai ce qu'il faut », et tira un couteau suisse d'un étui à sa ceinture pour ouvrir les bouteilles de manière experte.

Il lui en tendit une et leva la sienne dans un demi-salut. « Aux ponts couverts en fin d'après-midi ou, mieux encore, aux matins rouges et chauds. » Il fit un large sourire.

Francesca ne répondit pas mais sourit doucement et leva légèrement sa bouteille, hésitante, maladroite. Un étrange étranger, des fleurs, du parfum, de la bière et un toast par un chaud lundi de fin d'été. C'en était presque trop.

« Il y a très longtemps, quelqu'un avait soif un après-midi d'août. Cet homme, peu importe son nom, a étudié la soif, a concocté un truc et inventé la bière. C'est arrivé comme ça et un problème a été résolu. » Il maniait son appareil photo, semblait presque s'adresser à lui en revissant un écrou du couvercle avec un tournevis de joaillier.

« je vais faire un tour dans le jardin. Je reviens tout de suite. »

Il leva les yeux. « Vous avez besoin d'aide ? »

Elle fit signe que non et passa près de lui, sentant ses yeux posés sur ses hanches, se demandant s'il la regardait traverser le porche, devinant qu'il le faisait.

Elle avait raison. Il l'observait. Il hocha la tête et la regarda encore. Regarda son corps, pensa à l'intelligence qu'il savait être la sienne et à toutes les autres choses qu'il sentait en elle. Il était attiré et essayait de résister.

Le jardin était sombre à présent. Francesca le traversa, une bassine en émail blanc craquelé à la main. Elle ramassa des carottes et du persil, des panais, des oignons et des navets.

Quand elle entra dans la cuisine, Robert Kincaid rangeait ses sacs à dos, de manière méticuleuse et précise, remarqua-t-elle. Chaque chose avait visiblement sa place, toujours au même endroit. Il avait fini sa bière et en avait ouvert deux autres, bien qu'elle n'eût pas complètement terminé la sienne. Elle rejeta légèrement la tête en arrière, finit la première bière et lui tendit la bouteille vide.

« Je peux faire quelque chose ? demanda-t-il.

— Vous pouvez prendre une pastèque sous le porche et quelques pommes de terre dans le baquet. »

Il se déplaçait avec infiniment d'aisance. Elle fut surprise du peu de temps qu'il mit à revenir, une pastèque sous le bras, quatre pommes de terre à la main. « Ça suffit ? »

Elle hocha la tête, se demandant s'il était bien réel. Il les posa sur le plan de travail à côté de l'évier où elle nettoyait les légumes du jardin, et il reprit sa place, en s'allumant une Camel.

« Combien de temps allez-vous rester ici ? » demanda-t-elle, les yeux baissés sur les légumes. »

— Je ne sais pas encore. C'est une période calme pour moi, mon reportage sur les ponts ne doit être rendu que dans trois semaines. Le temps nécessaire pour faire un bon travail. Sans doute une semaine.

— Où logez-vous ? En ville ?

— Oui. Un endroit où il y a des chambres. Motor Court quelque chose. Je m'y suis installé ce matin. Je n'ai même pas déballé mon attirail.

— C'est le seul endroit où loger ici, à part chez Mme Carlson qui prend des locataires. Les restaurants sont décevants, cela dit, surtout pour un végétarien comme vous.

— Je sais. C'est une vieille histoire. Mais j'ai appris à me débrouiller. À cette période de l'année, ce n'est pas trop dur ; je peux trouver des produits frais dans les épiceries ou le long de la route. Du pain et deux ou trois autres choses, et je m'en tire, à peu près. Mais c'est agréable d'être invité comme ça. J'apprécie vraiment. »

Elle se pencha sur le plan de travail et alluma une petite radio à deux boutons seulement, dont les haut-parleurs étaient tendus d'un tissu brun. « *With time in my pocket and weather on my side...* », chanta une voix, accompagnée par des guitares. Elle mit le son en sourdine.

« Je suis assez doué pour couper les légumes, proposa-t-il.

— D'accord, la planche à découper est là et il y a un couteau dans le tiroir juste en dessous. Je vais faire cuire les légumes en pot-au-feu, alors taillez-les en petits morceaux. »

Il se tenait à deux pas d'elle, les yeux baissés, coupant, taillant les carottes et les navets, les panais et les oignons. Francesca pela les pommes de terre dans l'évier, consciente d'être si proche d'un inconnu. Elle n'avait jamais pensé que peler des pommes de terre pouvait éveiller des émotions.

« Vous jouez de la guitare ? J'ai vu un étui dans votre coffre.

— Un petit peu. Cela me tient compagnie, sans plus. Ma femme était une des premières chanteuses folk, bien avant que ce soit la mode, et c'est elle qui m'a encouragé. »

Francesca s'était un peu raidie en entendant le mot *femme*. Pourquoi, elle ne le savait pas. Il avait le droit d'être marié, mais cela ne lui ressemblait pas. Elle ne voulait pas qu'il soit marié.

« Elle ne supportait pas mes longs mois d'absence. Je ne lui en veux pas. Elle est partie il y a neuf ans. A divorcé un an après. Nous n'avions pas d'enfants, donc ce n'était pas très compliqué. Elle a pris une guitare et elle m'a laissé la plus bidon.

— Vous avez de ses nouvelles ?

— Non, jamais. »

Il n'en dit pas plus. Francesca n'insista pas. Mais elle se sentait mieux, égoïstement, et se demanda à nouveau pourquoi cela lui importait.

« Je suis allé en Italie, deux fois, dit-il. D'où êtes-vous ?

— De Naples.

— Je ne connais pas. Je me suis rendu une fois dans le Nord, pour faire un reportage le long du Pô. Puis une seconde fois en Sicile. »

Francesca pelait ses pommes de terre. Un instant elle pensa à l'Italie, consciente de la présence de Robert Kincaid derrière elle.

Des nuages s'étaient amoncelés à l'ouest, morcelant les rayons du soleil qui partaient dans toutes les directions. Il observa la fenêtre au-dessus de l'évier et dit : « Une bonne lumière. Les imprimeurs de calendriers l'adorent. Ainsi que les magazines religieux.

— Votre travail a l'air intéressant », dit Francesca.

Elle avait besoin que la conversation reste sur un terrain neutre.

« Il l'est. Je l'aime énormément. J'aime voyager et faire des photos. »

Elle remarqua qu'il avait dit « faire » des photos. « Vous faites des photos, vous ne les prenez pas ?

— Oui. Enfin, c'est comme ça que je le vois. C'est toute la différence entre les photographes du dimanche et quelqu'un qui en fait son métier. Quand j'en aurai terminé avec ce pont que nous avons vu aujourd'hui, il n'aura pas tout à fait l'air de ce que vous pouvez croire. J'en aurai fait quelque chose à moi, par le choix de l'objectif, par l'angle de prise de vue, ou la composition de la photo, ou plus probablement par une combinaison de tous ces éléments.

« Je ne considère pas simplement le sujet comme donné ; j'essaie d'en faire quelque chose qui reflète mes idées propres, mon âme. J'essaie de trouver la poésie de l'image. Le magazine a son style et ses exigences et je ne suis pas toujours d'accord avec les goûts de mon rédacteur en chef ; en fait, le plus souvent, je ne suis pas d'accord. Et cela les dérange, même si c'est eux qui décident du choix des photos. Je suppose qu'ils connaissent leur public, mais j'aimerais qu'ils prennent un peu plus de risques de temps à autre. Je le leur dis et ça les ennuie.

« C'est le problème quand on gagne sa vie avec un art. Vous devez tenir compte des marchés et les marchés — les marchés de masse — sont conçus pour satisfaire les goûts du public moyen. C'est là que se trouve l'argent. Une réalité, je suppose. Mais, comme je vous l'ai dit, ça peut devenir un peu étouffant. J'ai le droit de garder les photos qu'ils n'utilisent pas, donc j'ai au moins mes archives personnelles de choses que j'aime.

« Et, de temps en temps, un magazine en prend une ou deux, ou je peux écrire un article sur un endroit et l'illustrer avec quelque chose d'un peu plus osé que ce que choisit le *National Geographic*.

« Un de ces jours, je vais écrire un essai qui s'appellera "Les Vertus de l'amateurisme" pour tous ceux qui aimeraient bien gagner leur vie en faisant de l'art. Plus que tout, le marché tue la passion artistique. La plupart des gens vivent dans un monde de sécurité, c'est ce qu'ils veulent. Les magazines et les entreprises leur donnent la sécurité, une sensation d'homogénéité, des habitudes et du confort, ils ne les remettent pas en question.

« Le profit, les souscriptions, ce genre de choses dominent le monde de l'art. Nous sommes tous laminés par la grande roue de l'uniformité.

« Les experts en marketing parlent toujours de ce qu'ils appellent "les consommateurs". Je me représente un petit homme au gros ventre, avec un bermuda trop large, une chemise hawaiienne et un chapeau de paille décoré de capsules de bouteilles, qui tient des poignées de dollars. »

Francesca rit doucement en pensant à la sécurité et au confort.

« Cela dit, je ne me plains pas trop. J'aime voyager et m'amuser avec mes appareils, être en plein air. Ça n'est pas vraiment l'air de la chanson, mais ça ne sonne pas trop mal. »

Francesca supposait que, pour Robert Kincaid, cette conversation était banale. Pour elle, c'était de la littérature. Les gens du comté de Madison ne parlaient pas comme ça, de ces choses. Ils parlaient du temps et des prix de la ferme, des bébés qui venaient de naître, des funérailles, des programmes gouvernementaux et des équipes sportives. Pas de l'art et des rêves. Pas de la réalité qui étouffait la musique, emprisonnait les rêves.

Il avait fini de couper les légumes. « Je peux faire autre chose ? »

Elle secoua la tête. « Non, je m'en occupe. »

Il se rassit à table, fumant et buvant de temps à autre sa bière. Elle se mit à la cuisine et s'accordait une gorgée de bière entre deux tâches. Elle pouvait ressentir l'effet de l'alcool, même en si petite quantité. Le jour de l'an, dans le Hall de la Légion, elle buvait quelques verres avec Richard. En dehors de ça, très peu, et il y avait rarement de l'alcool à la maison, excepté une bouteille de brandy qu'elle avait achetée un jour avec le vague espoir de mettre un peu de romantisme dans leurs vies campagnardes. La bouteille n'avait jamais été ouverte.

De l'huile végétale. Ajouter les légumes. Laisser dorer. Saupoudrer la farine et bien mélanger. Mouiller avec de l'eau, un demi-litre. Incorporer le reste des légumes et l'assaisonnement. Laisser cuire à feu doux, environ quarante minutes.

Lorsque le plat se mit à mijoter, Francesca se rassit en face de lui. Une intimité discrète s'installa dans la cuisine. Cela tenait, d'une certaine façon, à ces préparatifs culinaires. Préparer un dîner pour un étranger, qu'il coupe les légumes et ne soit donc plus si loin de vous, qu'il dissipe ainsi une partie de l'étrangeté. Avec la disparition de l'étrangeté, s'ouvrait un espace pour l'intimité.

Il poussa le paquet de cigarettes vers elle, le briquet posé dessus. Elle en sortit une, mania maladroitement le briquet, se sentit très gauche. Elle n'arrivait pas à le faire marcher. Il sourit un peu, lui prit doucement le briquet des mains et appuya deux fois sur la pierre avant qu'il ne s'allume. Il lui tint le briquet, elle alluma sa cigarette. Avec les hommes, elle se sentait généralement gracieuse, comparée à eux. Pas avec Robert Kincaid, cependant.

Un soleil blanc, devenu écarlate, surmontait les champs de maïs. Par la fenêtre de la cuisine, elle pouvait voir un faucon qui se laissait porter par les vents ascendants du crépuscule. La radio passait les nouvelles de sept heures et les cours de la Bourse. Et Francesca regardait, de l'autre côté du Formica jaune, Robert Kincaid qui avait parcouru un si long chemin pour atterrir dans sa cuisine. Un si long chemin, bien plus que des kilomètres.

« Ça sent déjà bon, dit-il en désignant la cuisinière. Cela sent... la tranquillité. » Il la regarda.

« Tranquillité ? Est-ce que quelque chose peut sentir la tranquillité ? » Elle y réfléchit, se posa la question. Il avait raison. Après les côtes de porc, les steaks et les rôtis qu'elle préparait pour sa famille, c'était la cuisine de la tranquillité. Aucune violence n'était impliquée dans cette chaîne alimentaire, sauf peut-être celle d'avoir sorti les légumes de terre. Le plat cuisait tranquillement et sentait la tranquillité. La cuisine était tranquille.

« Si ça ne vous ennuie pas, parlez-moi un peu de votre vie en Italie. » Il s'étirait sur sa chaise, les chevilles croisées.

Le silence face à lui la troublait, aussi elle parla. Elle raconta sa jeunesse, les écoles privées, chez les sœurs, ses parents — une femme au foyer et un directeur de banque. Les moments où elle se tenait devant la mer, adolescente, à regarder les bateaux qui venaient du monde entier. Les soldats américains qui étaient arrivés plus tard. Sa rencontre avec Richard dans un bistrot où elle buvait un café avec des amies. La guerre avait bouleversé leurs vies, et elles se demandaient si elles pourraient jamais se marier. Elle ne mentionna pas Niccolo.

Il l'écoutait sans parler, hochait la tête de temps à autre en signe d'assentiment. Quand elle se tut finalement, il ajouta :

« Et vous m'avez dit que vous avez des enfants.

— Oui. Michael a dix-sept ans. Carolyn seize. Ils sont tous les deux à l'école de Winterset. Ils font partie d'un comité, c'est pourquoi ils sont à la foire de l'Illinois. Ils présentent le bouvillon de Carolyn.

« C'est une chose à laquelle je ne me suis jamais faite, que je n'ai jamais comprise, qu'ils puissent déployer un tel amour et une telle attention envers leurs animaux et les vendre pour la boucherie. Je n'en parle pas, cela dit. Richard et ses amis me sauteraient dessus immédiatement. Mais il y a une sorte de contradiction froide, impitoyable dans tout cela. »

Elle se sentit coupable d'avoir mentionné le nom de Richard. Elle n'avait rien fait, rien du tout. Pourtant elle se sentait coupable, une culpabilité née de possibilités imprécises. Et elle se demanda comment elle contrôlerait la fin de la soirée, peut-être qu'elle s'était lancée là dans quelque chose qui lui échappait. Peut-être que Robert Kincaid s'en irait tout simplement. Il semblait plutôt calme, assez gentil, même un peu timide.

Tandis qu'ils parlaient, la soirée vira au bleu, un brouillard léger tomba sur les champs. Il ouvrit deux autres bouteilles de bière pendant que le plat de Francesca cuisait, tranquillement. Elle se leva et jeta des boulettes dans l'eau bouillante, se retourna puis s'appuya contre l'évier, sentant une vague de sympathie pour Robert Kincaid, de Bellingham, dans l'État de Washington. Espérant qu'il ne partirait pas trop tôt.

Il se servit deux fois avec de bonnes manières posées et lui répéta deux fois combien c'était bon. La pastèque était parfaite. La bière était froide. Le soir était bleu. Francesca Johnson avait quarante-cinq ans et Hank Snow chantait une chanson de route sur KMA Shenandoah, Iowa.

## Des soirées anciennes, une musique au loin

« Et maintenant ? » pensa Francesca, une fois le souper terminé.

Il prit l'initiative. « Que diriez-vous d'une promenade dans les champs ? Le temps s'est un peu rafraîchi. » Quand elle répondit oui, il attrapa son sac à dos et en sortit un appareil photo dont il passa la courroie sur son épaule.

Kincaid poussa la porte du porche qu'il tint pour laisser passer Francesca, et la suivit, refermant doucement derrière lui. Ils descendirent les marches craquelées, la cour couverte de gravier et s'engagèrent sur l'herbe, à l'est du hangar à machines. Le hangar sentait l'huile chaude.

Quand ils arrivèrent devant la barrière, elle dégagea le barbelé d'une main et passa par-dessus, sentant la rosée mouiller ses pieds entre les fines lanières de ses sandales. Il fit de même, enjambant le barbelé aisément avec ses bottes.

« Est-ce que vous appelez ça un champ ou un pré ? demanda-t-il.

— Un pré, je suppose. Le troupeau garde l'herbe rase. Faites attention à ce qu'il a pu laisser derrière lui. » Une lune presque pleine s'élevait à l'est dans le ciel qui virait au bleu sombre tandis que le soleil se couchait presque au niveau de l'horizon. Sur la route au-dessous d'eux, une voiture passa en trombe, pétaradante. Le fils Clark. Ailier dans l'équipe de Winterset. Le petit copain de Judy Leverson.

Elle n'avait pas fait de promenade comme celle-ci depuis bien longtemps. Après le souper, qui avait toujours lieu à cinq heures, il y avait les nouvelles à la télévision, puis le programme du soir que regardaient Richard et parfois les enfants quand ils avaient fini leurs devoirs. Francesca lisait généralement dans la cuisine — des livres de la bibliothèque de Winterset ou du club auquel elle appartenait : de l'histoire, de la poésie ou des romans — ou bien, par beau temps, elle s'asseyait sous le porche. La télévision l'ennuyait.

Quand Richard l'appelait — « Frannie, il faut absolument que tu voies ça ! » —, elle venait s'asseoir à côté de lui un moment. Elvis suscitait toujours cette injonction. Les Beatles aussi, quand ils étaient apparus pour la première fois dans le *Ed Sullivan Show*. Richard regardait leur coupe de cheveux et hochait la tête en signe de désapprobation et d'incrédulité.

Un bref instant, des traînées rouges lacérèrent le ciel. « J'appelle ça "un reflet", dit Robert Kincaid en les montrant du doigt. La plupart des gens rangent trop vite leur appareil photo, il y a souvent un très beau moment de couleur et de lumière, quand le soleil se tient juste derrière l'horizon et se réfléchit dans le ciel. »

Francesca ne répondit pas, elle s'interrogeait sur cet homme pour qui la différence entre un champ et un pré semblait importante, qui s'enthousiasmait sur la couleur du ciel, qui écrivait un peu de poésie et très peu de fiction. Qui jouait de la guitare, mais gagnait sa vie avec les images et portait son matériel dans des sacs à dos. Qui ressemblait au vent. Et bougeait comme lui. En venait peut-être.

Il leva les yeux vers le ciel, les mains enfoncées dans les poches de son Levi's, son appareil photo se balançant sur sa hanche gauche. « Les pommes d'argent de la lune / Et les pommes d'or du soleil. » Sa voix profonde de baryton prononçait ces mots comme un acteur professionnel.

Elle leva les yeux vers lui. « W. B. Yeats. La chanson d'Aengus l'errant.

— Exact. Un bon poète, Yeats. Le réalisme, l'économie, la sensualité, la beauté, la magie. Tout cela parle à mon ascendance irlandaise. »

Il avait tout dit, tout en cinq mots. Francesca avait peiné pour expliquer Yeats aux étudiants de Winterset, mais n'avait jamais pu convaincre la plupart d'entre eux. Elle avait choisi Yeats en partie pour les raisons que venait d'indiquer Kincaid, pensant que ces qualités séduiraient des adolescents assourdis par leurs désirs à la façon des fanfares de lycée qui défilent à la mi-temps des matchs de football. Mais leurs préjugés contre la poésie, l'expression à leurs yeux d'une virilité douteuse, étaient trop forts pour être dépassés, même par Yeats. Elle se souvenait de Mathew Clark qui avait jeté un regard à son voisin et fait le geste d'encercler les seins d'une femme tandis qu'elle lisait « Les pommes d'or du soleil ». Ils avaient ricané et les filles au fond de la classe, assises à côté d'eux, avaient rougi.

Ils vivraient toute leur vie avec ce genre d'attitudes. Savoir cela l'avait découragée et elle s'était sentie vulnérable et seule, en dépit de l'amitié apparente de la communauté. Les poètes n'étaient pas appréciés ici. Les gens du comté de Madison aimaient à dire, pour lutter contre leur propre sentiment d'infériorité culturelle : « C'est un bon endroit pour élever des enfants. » Et elle avait toujours envie de leur répondre : « Mais est-ce un bon endroit pour élever des adultes ? »

Sans en avoir conscience, ils avaient lentement marché dans le pré sur plusieurs centaines de mètres, décrit une courbe et se dirigeaient maintenant vers la maison. L'obscurité tombait tandis qu'ils passaient la barrière ; cette fois, il rabattit le barbelé pour elle.

Elle se rappela la bouteille de brandy. « J'ai du brandy. Ou préférez-vous un café ?

— Est-ce que c'est possible d'avoir les deux ? »

Ces mots furent prononcés dans le noir. Elle savait qu'il souriait.

Tandis qu'ils pénétraient dans le cercle de lumière de la cour qui s'inscrivait sur l'herbe et les gravillons, elle répondit : « Bien sûr », entendant dans sa voix quelque chose qui l'inquiéta. C'était le son des rires faciles dans les cafés de Naples.

Trouver deux tasses non ébréchées n'était pas une mince affaire. Et bien qu'elle fût certaine que les tasses ébréchées fissent partie de la vie de Robert Kincaid, elle les voulait parfaites pour cette occasion. Les verres à brandy, — il y en avait deux, retournés au fond du placard —, n'avaient jamais été utilisés. Elle dut se dresser sur la pointe des pieds pour les attraper et, en le faisant, elle eut conscience de ses sandales mouillées et de son jean serré sur ses fesses.

Il s'était rassis sur la même chaise que tout à l'heure et la regardait. Les manières ancestrales. Les manières ancestrales le reprenaient. Il se demandait ce qu'il ressentirait en touchant ses cheveux, comment la courbe de son dos s'adapterait à sa main, comment serait son corps couché contre le sien.

Les manières ancestrales se battant contre tout ce qui nous a été appris, contre la bienséance inculquée par des siècles de culture, les règles strictes de l'homme civilisé. Il essayait de penser à autre chose, à la photo, au voyage, ou aux ponts couverts. À tout, sauf à cette femme qu'il regardait maintenant. Mais il échoua et se demanda encore ce qu'il ressentirait en touchant sa peau, en posant son ventre contre le sien. Les questions éternelles, et toujours les mêmes. Ces damnées manières ancestrales qui cherchaient à remonter à la surface.

Il les tint à distance, les repoussa, s'alluma une Camel et respira profondément.

Elle sentait ses yeux constamment fixés sur elle, bien que son regard fût discret, jamais manifeste, jamais pesant. Elle savait qu'il savait que le brandy n'avait jamais été versé dans ces verres. Et, avec son sens irlandais du tragique, elle savait aussi qu'un tel vide suscitait son émotion. Pas de la pitié. Cela ne lui correspondait pas. De la tristesse, peut-être. Elle pouvait presque l'entendre former ces mots :

*la bouteille pleine,*
*et les verres vides,*
*elle se pencha pour les attraper,*
*quelque part au nord de la rivière Middle,*
*dans l'Iowa.*
*Je l'ai regardée avec ces yeux*
*qui ont vu l'Amazone des Jivaros*
*et la Route de la soie,*

*la poussière des caravanes s'accrochant à*
*mes pas,*
*touchant les espaces vierges*
*du ciel d'Asie.*

Tandis que Francesca enlevait le cachet de l'Iowa sur le bouchon de la bouteille de brandy, elle regarda ses ongles, en souhaitant qu'ils fussent plus longs et mieux entretenus. La vie de la ferme ne lui permettait pas de les avoir longs. Jusqu'à aujourd'hui, cela n'avait pas eu d'importance.

Du brandy, deux verres, sur la table. Pendant qu'elle préparait le café, il ouvrit la bouteille et en versa la dose exacte dans les deux verres. Robert Kincaid avait l'habitude du brandy après le dîner.

Elle se demanda dans combien de cuisines, de bons restaurants, de salles à manger aux lumières tamisées, il l'avait pratiquée. Combien d'ongles longs avait-il vus, délicatement tournés vers lui, encerclant le bord d'un verre de brandy, combien de paires d'yeux bleus et ronds, ou noirs en amande, l'avaient observé lors de soirées exotiques tandis que les bateaux de pêche amarrés se balançaient sur la mer et que l'eau clapotait contre les quais des vieux ports ?

La lumière du plafonnier était trop brillante pour le café et le brandy. Francesca Johnson, l'épouse de Richard Johnson, l'aurait laissée. Francesca Johnson, la femme qui se promenait dans l'herbe d'après-dîner et qui feuilletait ses rêves de jeune fille, l'aurait baissée. Une bougie aurait été l'idéal, mais elle avait peur d'en faire trop. Cela pouvait lui donner de fausses idées. Elle alluma la petite lumière au-dessus de la cuisinière et ferma le plafonnier. Ce n'était pas parfait, mais c'était déjà mieux.

Il leva son verre devant son visage et le tendit vers celui de Francesca. « Aux soirées anciennes et à la musique au loin. » Elle ne savait pas pourquoi mais ces mots lui firent retenir un instant sa respiration. Leurs verres se rencontrèrent, et bien qu'elle eût envie de répondre : « Aux soirées anciennes et à la musique au loin », elle se contenta de sourire.

Ils fumèrent tous deux, sans dire un mot, buvant le brandy, buvant le café. Un faisan appela dans les champs. Jack, le colley, aboya deux fois. Les moustiques mettaient à l'épreuve le grillage de la fenêtre près de la table et un papillon de nuit solitaire, aux pensées circulaires mais à l'instinct sûr, se prenait aux jeux de la lumière de l'évier.

Il faisait toujours aussi chaud, aucune brise, juste un peu d'humidité à présent. Robert Kincaid transpirait légèrement, il avait déboutonné le haut de sa chemise. Il n'observait pas Francesca, mais elle se sentait dans son champ de vision, alors même qu'il regardait par la fenêtre. Comme il était placé, elle apercevait son torse à travers les boutons ouverts de sa chemise et les petites gouttes de sueur qui perlaient sur sa peau.

Francesca éprouvait des émotions agréables, des émotions de poésie et de musique. Pourtant, il est temps qu'il parte, songeait-elle. Neuf heures cinquante-deux, marquait l'horloge au-dessus du réfrigérateur. Faron Young à la radio. Une chanson vieille de quelques années : « Le reliquaire de sainte Cécile. » Martyre romaine du troisième siècle, Francesca s'en souvenait. La sainte patronne de la musique et des aveugles.

Son verre était vide. Au moment où il détourna son regard de la fenêtre, Francesca avait pris la bouteille de brandy par le col et s'apprêtait à le resservir. Il fit non de la tête. « Le pont Roseman m'attend à l'aube. Je ferais bien de rentrer. »

Elle se sentit soulagée. En même temps, déçue. Elle se débattait dans des sentiments contradictoires. Oui, partez, s'il vous plaît. Reprenez du brandy. Restez. Ses émotions n'intéressaient pas Faron Young. Pas plus que le papillon de nuit au-dessus de l'évier. Elle n'était pas certaine de ce que pensait Robert Kincaid.

Il se leva, passa un sac à dos sur son épaule gauche, mit le second sur la glacière. Elle fit le tour de la table. Il lui tendit la main, qu'elle serra. « Merci pour cette soirée, le dîner, la promenade. Tout était parfait. Vous êtes quelqu'un de bien, Francesca. Mettez la bouteille de brandy en évidence dans le placard, peut-être que cela finira par faire son effet. »

Ainsi donc, il savait. Mais elle ne se sentit

pas offensée par ses paroles. Il parlait de romantisme, il était plein de bonnes intentions. La douceur de sa voix, la façon qu'il avait de prononcer ces mots le lui prouvaient. Ce qu'elle ne savait pas, c'est qu'il avait envie de hurler aux murs de la cuisine, de graver sur le plâtre : « Bon Dieu, Richard Johnson, es-tu aussi stupide que je le pense ? »

Elle l'accompagna et se tint à côté de lui pendant qu'il rangeait son équipement. Le colley traversa la cour et vint renifler les roues. « Jack, viens ici », murmura-t-elle d'une voix décidée, et le chien se coucha à ses pieds, la langue pendante.

« Au revoir. Prenez bien soin de vous », dit-il, s'arrêtant un instant devant la camionnette pour la regarder, droit dans les yeux. Puis d'un bond il fut au volant et il referma sa portière. Il mit le vieux moteur en marche, appuya sur l'accélérateur et démarra avec difficulté. Il se pencha à la vitre en souriant : « Elle a besoin d'une bonne révision, je crois. »

Il passa l'embrayage, se mit en marche arrière, changea de vitesse et traversa la cour éclairée. Juste avant qu'il n'atteigne l'allée obscure, sa main gauche apparut à la fenêtre et lui fit un signe d'adieu. Elle y répondit, bien qu'elle sût qu'il ne pouvait pas la voir.

Tandis que la camionnette descendait l'allée, elle courut pour la suivre à distance, puis resta dans l'ombre, à regarder ses feux arrière monter et descendre, ballottés par les bosses. Robert Kincaid tourna à gauche sur la route principale en direction de Winterset, tandis qu'un éclair de chaleur fendait le ciel d'été et que Jack se rendormait sous le porche.

Après son départ, Francesca se tint devant le miroir du bureau, nue. Ses hanches étaient un peu larges à cause des enfants, sa poitrine était toujours belle et ferme, pas trop grosse, pas trop petite, son ventre légèrement arrondi. Elle ne voyait pas ses jambes dans le miroir, mais elle savait qu'elles étaient encore bien. Elle aurait dû les raser plus souvent, mais n'avait pas vraiment de raison de le faire. Richard ne s'intéressait au sexe que rarement, tous les deux mois à peu près. Il faisait cela de manière rapide, rudimentaire et fonctionnelle, et il ne semblait pas se soucier de son parfum, de la douceur de ses jambes ou de choses de ce genre. Il était facile de se laisser un peu aller.

Elle était surtout pour lui une partenaire de travail. Une partie d'elle-même l'appréciait. Mais, tout au fond, il y avait cette autre personne qui voulait prendre des bains et se parfumer... qui voulait être aimée, emportée et dénudée par une force qu'elle sentait, mais ne pouvait nommer, même approximativement.

Elle se rhabilla et s'assit à la table de la cuisine pour écrire sur une demi-feuille de papier blanc. Jack la suivit jusqu'à la camionnette Ford et sauta à l'intérieur quand elle ouvrit la portière. Il s'installa à la place du passager et passa sa tête par la vitre tandis qu'elle la sortait du garage, en regardant derrière elle. Puis, les yeux fixés sur le pare-brise, elle descendit l'allée et prit à droite la route de campagne. Le pont Roseman était plongé dans l'obscurité. Mais Jack partit en éclaireur, inspectant les lieux pendant qu'elle sortait la lampe de poche. Elle accrocha son message à la gauche de l'entrée du pont et rentra chez elle.

## Les ponts du mardi

Robert Kincaid, au volant de sa camionnette, passa devant la boîte aux lettres de Richard Johnson une heure avant le lever du jour, croquant alternativement dans un Milky Way et dans une pomme, serrant entre ses cuisses son verre de café pour l'empêcher de se renverser. Il regarda au passage la maison blanche dressée sous les derniers fins rayons de la lune et secoua la tête en pensant à la stupidité des hommes, de certains hommes, de la plupart des hommes. Ils pourraient au moins boire le brandy et ne pas laisser claquer la porte en sortant.

Francesca entendit le moteur poussif. Elle était allongée sur son lit, ayant dormi nue pour la première fois de sa vie, autant qu'elle s'en souvienne. Elle pouvait imaginer Kincaid, les cheveux dans le vent, dansant sur le bord de la vitre, une main accrochée au volant et l'autre à sa Camel.

Elle écouta le bruit des pneus sur le gravier décroître en direction du pont Roseman. Et elle commença à se réciter ces vers du poème de Yeats : « Je suis allé au bois de coudres car le feu était dans ma tête. » Une interprétation mi-déclamation mi-supplique.

Il gara sa camionnette bien en deçà du pont pour qu'elle n'apparaisse pas sur les photos. Il sortit une paire de cuissardes en caoutchouc de derrière le siège, s'assit sur le tableau de bord pour défaire ses bottes de cuir et les enfiler. Un sac sur le dos, un trépied pendu par sa courroie sur l'épaule gauche et le second sac dans la main droite, il descendit la pente raide qui menait à la rivière.

Le stratagème consistait à photographier le pont sous un angle qui donne une certaine tension à la composition, en incluant une partie de la rivière et sans prendre les graffitis sur le mur à l'entrée. Les fils téléphoniques à l'arrière-plan posaient aussi un problème, mais qui pouvait se résoudre avec un bon cadrage.

Il sortit son Nikon, chargé de Kodachrome, et le vissa sur le lourd trépied. L'appareil avait un objectif de 24-millimètres et il le remplaça par son favori, un 105-millimètres. Une lumière grise se levait en est, et il commença à faire des recherches de composition. Déplacer le trépied d'un mètre sur la gauche, rééquilibrer les pieds qui s'enfonçaient dans la terre boueuse à cause de la rivière. Il gardait la courroie de l'appareil enroulée autour de son poignet gauche, une habitude qu'il avait prise lorsqu'il travaillait près de l'eau. Il avait vu trop d'appareils photo tomber à l'eau quand les trépieds se renversaient.

Une lumière rouge apparut, le ciel s'éclaircissait. Baisser l'appareil de dix centimètres, ajuster le trépied. Pas encore parfait. Cinquante centimètres de plus sur la gauche. Ajuster à nouveau les pieds. Recentrer l'appareil sur le trépied. Fermer l'objectif à f/8. Estimer la profondeur de champ, optimiser l'hyperfocale. Visser le déclencheur souple sur le bouton de déclenchement. Soleil à quarante pour cent au-dessus de l'horizon, la peinture rouillée du pont virait au rouge profond, exactement comme il le voulait.

Sortir la cellule de sa poche gauche. Faire une vérification à f/8. Une seconde d'exposition, mais le Kodachrome tolérerait bien cet écart. Regarder dans le viseur. Un dernier cadrage précis. Il appuya sur le déclencheur et attendit une seconde.

Au moment où il appuyait sur le bouton, quelque chose attira son regard. Il regarda à nouveau dans le viseur. « Qu'est-ce que c'est que ce truc accroché à l'entrée du pont ? marmonna-t-il. Ça n'y était pas hier. »

Caler le trépied. Courir le long de la rivière, tandis que le soleil s'élève à toute allure derrière lui. Un papier soigneusement punaisé sur le pont. Le retirer, mettre la punaise et le papier dans sa poche. Revenir vers la rive, descendre la pente, retour derrière l'appareil. Le soleil à soixante pour cent.

Haletant à cause de la course. Prendre une autre photo. La répéter deux fois pour les doubles. Pas un souffle de vent, l'herbe immobile. Prendre trois photos à trois secondes et deux à une seconde et demie pour plus de sécurité.

Fermer l'objectif à f/16. Répéter entièrement la procédure. Porter le trépied au milieu de la rivière. S'installer, la vase qui remonte quand les pieds trébuchent. Photographier à nouveau la séquence entière. Un autre rouleau de Kodachrome. Changer d'objectif. Mettre le 24-millimètres, fourrer le 105-millimètres dans sa poche. Se rapprocher du pont, marcher à contre-courant. Ajuster, mettre à niveau, vérifier la lumière, assurer trois diaphragmes.

Passer l'appareil à la verticale, refaire la composition. Nouvelle photo. Même scénario, méthodique. Il n'y avait jamais rien de gauche dans ses mouvements. Tout avait été cent fois répété, tout avait une raison, les risques étaient calculés, avec efficacité et professionnalisme. Monter la rive, traverser le pont, courir avec le matériel, faire la course avec le soleil. Attaquer la partie difficile. Sortir le second appareil avec la pellicule rapide, passer les deux appareils autour de son cou, escalader l'arbre derrière le pont. Se griffer le bras sur une branche — « Merde » —, continuer à grimper. Au sommet maintenant, trouver un angle du pont où la rivière accroche la lumière. Se servir du spotmètre pour isoler le toit du pont, puis la partie la plus sombre. Faire le réglage sans tenir compte de l'eau. Faire une moyenne. Prendre neuf photos, avec différents diaphragmes, l'appareil posé sur la veste calée dans une fourche de l'arbre. Changer d'appareil. Film rapide. Une douzaine de photos supplémentaires.

Descendre de l'arbre. Descendre la rive. Installer le trépied, recharger le Kodachrome, prise de vue similaire à celle de la première série, mais cette fois de l'autre côté de la rivière. Sortir le troisième appareil du sac. Le vieux SP, l'appareil télémètre. Maintenant, travailler en noir et blanc. La lumière sur le pont change de seconde en seconde.

Après vingt minutes d'une intensité que

seuls peuvent comprendre les soldats, les chirurgiens et les photographes, Robert Kincaid jeta ses sacs à dos dans son camion et reprit la route qu'il avait parcourue à l'aller. Il était à un quart d'heure du pont Hogback au nord de la ville et il pouvait encore y faire des photos s'il se dépêchait.

La poussière qui vole. Allumer une Camel, les bosses de la route, passer devant la maison en bois qui regarde vers le nord, devant la boîte aux lettres de Richard Johnson. Aucun signe d'elle. Qu'est-ce que tu espérais ? Elle est mariée, elle a sa vie. Tu as la tienne. Qui a besoin de ce genre de complications ? Charmante soirée, charmant dîner, charmante femme. Restons-en là. Mais, bon Dieu, qu'elle est jolie et il y a quelque chose en elle. Quelque chose. J'ai du mal à la quitter des yeux.

Francesca travaillait dans la grange quand il passa en trombe devant chez elle. Les mugissements du bétail couvraient les bruits de la route. Et Robert Kincaid fonça vers le pont Hogback, faisant la course avec les années, traquant la lumière.

Tout se passa bien au second pont. Celui-ci était lové au milieu d'une vallée et le brouillard le recouvrait toujours quand Kincaid arriva. L'objectif 300-millimètres lui permit de cadrer un grand soleil dans le coin supérieur gauche, ainsi que la route sinueuse de pierres blanches qui menait au pont et le pont lui-même.

Alors, dans son viseur, apparut un fermier qui conduisait une paire de chevaux belges à la robe marron, tirant une charrette le long de la route blanche. Un des derniers traditionalistes, pensa Kincaid, en souriant. Il savait reconnaître un bonne photo quand elle se présentait et pouvait déjà imaginer ce que donnerait le cliché alors même qu'il y travaillait. Sur les photos verticales, il laissa une bande de ciel léger sur laquelle on pourrait placer un titre.

Quand il replia son trépied à huit heures trente-cinq, il se sentait bien. Ce travail matinal avait porté ses fruits. Des clichés bucoliques, classiques, mais beaux et solides. Celui avec le fermier et les chevaux pouvait même être utilisé en couverture, il avait donc laissé un espace en haut du cadrage, de la place pour un lettrage, un logo. Les rédacteurs en chef aimaient ce genre de professionnalisme réfléchi. C'est pourquoi ils confiaient des reportages à Robert Kincaid.

Il avait utilisé sept pellicules, entièrement ou en partie, il vida les trois appareils et mit la main dans la poche inférieure gauche de sa veste pour sortir les quatre autres rouleaux. « Merde ! » Son index s'était piqué sur la punaise. Il avait oublié qu'il avait mis le morceau de papier dans sa poche en le retirant du pont Roseman. En fait, il avait complètement oublié cet incident. Il extirpa le papier de sa poche, le déplia et lut : « Si vous souhaitez un autre dîner à l'heure où "les phalènes s'envolent", passez ce soir après avoir terminé votre travail, quand vous voulez. »

Il ne put pas s'empêcher de sourire un peu en imaginant Francesca Johnson roulant vers le pont dans la nuit noire avec son message et sa punaise. En cinq minutes, il était de retour en ville. Tandis que l'homme de la station Texaco remplissait son réservoir et vérifiait le niveau d'huile (« À moitié vide »), Kincaid se rendit à la cabine téléphonique. Le mince bottin était noirci par les mains pleines de cambouis qui l'avaient feuilleté. Il y avait deux « R. Johnson », mais l'un habitait en ville.

Il composa le numéro correspondant à l'autre adresse et attendit. Francesca était en train de nourrir le chien sous le porche quand le téléphone sonna dans la cuisine. Elle décrocha à la seconde sonnerie :

« Allô.

— Bonjour, c'est Robert Kincaid. »

L'estomac de Francesca se serra, exactement comme la veille. Un petit pincement qui commençait dans la poitrine et descendait dans l'estomac.

« J'ai trouvé votre mot. W. B. Yeats comme messager et tout ça... J'accepte l'invitation mais je risque de venir tard. Le temps est assez beau, donc j'ai prévu de photographier le — voyons, comment s'appelle-t-il ? — le pont Cedar ce soir. Je n'aurai sans doute pas fini avant neuf heures. Puis j'aurai envie de me changer. Il sera peut-être neuf heures et demie, dix heures. Est-ce que ça vous va ? »

Non, cela ne lui allait pas. Elle ne voulait pas attendre si longtemps, mais elle dit simplement : « Oh ! bien sûr. Terminez votre travail, c'est le plus important. Je préparerai quelque chose à réchauffer quand vous arriverez. »

Puis il ajouta : « Si vous voulez me tenir compagnie pendant que je fais mes photos, ça ne pose pas de problème. Ça ne me dérange pas. Je pourrais passer vous prendre vers cinq heures et demie. »

Francesca retourna le problème. Elle voulait y aller. Mais si quelqu'un la voyait ? Que dirait-elle si Richard l'apprenait ?

Le pont Cedar se trouvait à cinquante mètres en amont de la nouvelle route et de son pont en béton. On ne la remarquerait pas. Mais si cela se produisait ? En moins de deux secondes, elle prit sa décision. « Oui, ça me ferait plaisir. Mais je prendrai ma camionnette et je vous retrouverai sur place. Vers quelle heure ?

— Aux alentours de six heures. D'accord ? Au revoir. »

Il passa le reste de la journée dans les bureaux du journal local à regarder de vieux numéros. C'était une jolie ville, avec un beau square en face du palais de justice, et il s'y installa pour déjeuner à l'ombre, sur un banc, d'un petit sac de fruits et d'un peu de pain accompagnés d'un Coca qu'il avait acheté dans un café de l'autre côté de la rue.

Quand il avait pénétré dans ce café pour commander son Coca, il était un peu plus de midi. Comme à l'entrée du héros dans un saloon de western, les conversations animées s'étaient arrêtées tandis que tous les habitués le dévisageaient. Il détestait ça. Il se sentait gêné, mais c'était ainsi dans les petites villes. Un inconnu ! Un étranger ! Qui est-ce ? Qu'est-ce qu'il fait ici ?

« Quelqu'un a dit qu'il est photographe. On l'a vu ce matin au pont Hogback avec un tas d'appareils photo.

— L'inscription sur sa camionnette indique qu'il vient de Washington, à l'ouest.

— Il a passé la matinée au journal. Jimmy

dit qu'il regarde les journaux pour trouver des informations sur les ponts couverts.

— Ouais, le jeune Fisher de Texaco a raconté qu'il s'était arrêté hier et qu'il avait demandé le chemin des ponts couverts.

— Pourquoi donc que ça l'intéresse ?

— Et quelle idée de les prendre en photo ? Ils se cassent la gueule.

— En tout cas, il a des cheveux drôlement longs. On dirait un de ces Beatles, ou comment appelle-t-on ces autres types ? Des hippies, hein, c'est ça ? »

Cela déclencha les rires du box du fond et de la table voisine.

Kincaid prit son Coca et sortit, tous les regards rivés sur lui tandis qu'il passait la porte. Peut-être qu'il avait fait une erreur en invitant Francesca, dans son intérêt à elle, pas dans le sien. Si quelqu'un la voyait au pont Cedar, la nouvelle se répandrait le lendemain matin au café, propagée par les bons soins du jeune Fisher de la station Texaco qui tiendrait le tuyau d'un automobiliste. Probablement plus vite encore.

Il avait appris à ne pas sous-estimer

l'importance des ragots dans les petites villes. Que deux millions d'enfants soient en train de mourir de faim au Soudan ne dérangeait en rien leurs consciences. Mais que la femme de Richard Johnson soit vue en compagnie d'un étranger aux cheveux longs, ça, c'était une nouvelle ! Une nouvelle qu'on pouvait colporter, disséquer, une nouvelle qui suscitait un vague frisson charnel dans l'esprit de ceux qui l'entendaient, la seule émotion de ce type qu'ils eussent ressentie dans l'année.

Il termina son déjeuner et marcha jusqu'à la cabine téléphonique du parking du palais de justice. Il composa son numéro de téléphone. Elle décrocha, légèrement essoufflée, à la troisième sonnerie. « Bonjour, c'est encore Robert Kincaid. »

Son estomac se contracta instantanément tandis qu'elle pensait : il ne peut pas venir, c'est pour ça qu'il m'appelle.

« Je vais être franc. Si ça vous pose un problème de venir avec moi ce soir, compte tenu de la curiosité des gens du coin, ne vous sentez pas obligée. Franchement, je me fous de ce qu'ils peuvent dire sur moi, et de toute façon je passerai vous voir. Ce que j'essaie de vous dire, c'est que j'ai peut-être fait une erreur en vous invitant, alors sentez-vous libre de refuser. Quoique je serais ravi de votre compagnie. »

Elle y avait justement réfléchi depuis leur dernière conversation. Mais elle avait pris sa décision. « Non, j'aimerais beaucoup vous voir travailler. Je ne me soucie pas des bavardages. » Elle s'en souciait, mais quelque chose d'autre avait pris le dessus, quelque chose qui prenait le risque. Quel qu'en fût le prix, elle irait au pont Cedar.

« Très bien. Je voulais juste vérifier. À tout à l'heure.

— D'accord. » Il était sensible, mais cela elle le savait déjà.

À quatre heures, il s'arrêta à son motel et fit une lessive dans le lavabo. Il enfila une chemise propre et en fourra une seconde à l'arrière de sa camionnette, ainsi qu'un pantalon kaki et des sandales marron qu'il avait trouvées en Inde en 1962, tandis qu'il faisait un reportage sur la création du chemin de fer qui menait à Darjeeling. Dans une auberge, il acheta deux packs de Budweiser. Huit bouteilles tiendraient dans la glacière, il arrangea autour ses rouleaux de pellicule. À nouveau, il faisait chaud, vraiment chaud. Le soleil de fin d'après-midi dans l'Iowa portait un dernier assaut aux briques, au ciment, à la terre qu'il avait déjà surchauffés toute la journée. Venant de l'ouest, il brûlait tout implacablement.

L'auberge était sombre et plutôt fraîche, avec sa porte ouverte, ses grands ventilateurs accrochés au plafond et celui, posé à côté de la porte, qui vrombissait à plus de cent cinq décibels. Pourtant, le bruit des ventilateurs, l'odeur de la bière éventée et de la cigarette, les hurlements du juke-box et les visages qui l'observaient avec quelque hostilité derrière le bar lui avaient donné l'impression qu'il y faisait plus chaud que ce n'était le cas.

Sur la route, la lumière du soleil faisait presque mal aux yeux et il pensa aux Cascades, aux arbres argentés et aux brises le long du détroit de San Juan de Fuca, près du point Kydaka.

Francesca Johnson avait pourtant l'air fraîche. Elle s'appuyait contre le pare-chocs de sa Ford qu'elle avait garée derrière un bosquet d'arbres près du pont. Elle portait le même jean qui lui allait si bien, des sandales et un T-shirt de coton blanc qui mettait son corps en valeur. Il lui fit un signe de la main et se rangea à côté de sa camionnette.

« Bonjour. Je suis content de vous voir. Il fait plutôt chaud », dit-il. Un propos banal, à la surface des choses.

À nouveau cette vieille maladresse qui suscitait la simple présence d'une femme qui l'émouvait. Il ne savait jamais très bien quoi dire, à moins que la conversation ne fût sérieuse. Bien que son sens de l'humour fût très développé, quoiqu'un peu bizarre, il était d'un esprit foncièrement sérieux et prenait les choses à cœur. Sa mère avait toujours dit qu'il était déjà adulte à quatre ans. Professionnellement, cela l'avantageait, mais, selon lui, cela ne lui était d'aucun secours quand il se trouvait face à des femmes comme Francesca Johnson.

« Je voulais vous regarder faire vos photos. "Mitrailler" comme vous dites.

— Eh bien, vous allez voir, et vous allez trouver ça plutôt ennuyeux. Du moins, c'est ce que pensent les gens généralement. Ce n'est pas comme écouter quelqu'un jouer du piano, on peut alors avoir le sentiment de participer. En photo, la production et la performance sont séparées par un certain laps de temps. Aujourd'hui, je fais la production. Quand les photos sont publiées quelque part, c'est la performance. Tout ce que vous allez voir aujourd'hui, c'est du bricolage. Mais vous êtes la bienvenue. En fait, je suis content que vous soyez là. »

Elle s'accrocha à ces derniers mots. Il n'avait pas eu besoin de les dire. Il aurait pu s'arrêter à « bienvenue » mais il ne l'avait pas fait. Il était sincèrement content de la voir ; c'était clair. Elle espérait que sa présence ici suffirait à lui donner la même impression.

« Est-ce que je peux vous aider ? demanda-t-elle tandis qu'il enfilait ses bottes en caoutchouc.

— Vous pouvez porter le sac bleu. Je prendrai le brun et le trépied. »

Ainsi Francesca devint-elle assistante photographe. Il avait tort, il y avait beaucoup de choses à voir. Il s'agissait *réellement* d'une forme de performance, bien qu'il n'en eût pas conscience. C'était ce qu'elle avait remarqué la veille et en partie ce qui l'attirait vers lui. Sa grâce, son regard perçant, le mouvement des muscles de ses bras. Surtout, sa manière de bouger. Les hommes qu'elle connaissait semblaient lourds en comparaison.

Ce n'était pas qu'il se pressait. En fait, il ne se pressait pas du tout. Il y avait en lui quelque chose de la gazelle, bien qu'elle sentît sa force sous cette souplesse. Peut-être était-il plus proche du léopard que de la gazelle. Oui. Un léopard, c'était bien ça. Il n'était pas une proie. Plutôt l'inverse, se disait-elle.

« Francesca, donnez-moi l'appareil à la courroie bleue, s'il vous plaît. »

Elle ouvrit le sac à dos, maniant avec précaution le matériel de valeur qu'il traitait avec tant de désinvolture, et sortit l'appareil.

« Nikon » était gravé sur le placage chromé du viseur, et à gauche, au-dessus du nom, un « F » était inscrit.

Il était à genoux au nord-est du pont, penché sur son trépied qu'il avait réglé bas. Il tendit sa main gauche sans quitter son viseur des yeux, et elle lui donna l'appareil, regardant sa main se refermer sur l'objectif quand il le toucha. Il mit en place le déclencheur au bout de la corde qu'elle avait vue dépasser de sa veste le jour précédent.

L'obturateur se déclencha. Il réarma et déclencha à nouveau.

La main sous la tête du trépied, il dévissa l'appareil qu'il remplaça par celui qu'elle lui avait donné. Pendant qu'il le mettait en place, il tourna la tête vers elle et lui sourit. « Merci, vous êtes une assistante de première classe. » Elle rougit un peu.

Mon Dieu, qu'est-ce qu'il avait donc de si spécial ? Il était comme un habitant des étoiles qui se serait accroché à la queue d'une comète avant de tomber au bout de son allée. « Pourquoi ne puis-je pas simplement répondre : "C'est un plaisir" ? se demandait-elle. Je me sens lente à côté de lui, bien que ce ne soit pas sa faute. C'est moi, pas lui. Je ne suis pas habituée à vivre avec des gens qui ont un esprit aussi rapide que le sien. »

Il traversa la rivière, puis grimpa sur l'autre rive. Elle passa par le pont, portant le sac bleu, et vint se mettre derrière lui, heureuse, étrangement heureuse. Il y avait une énergie, un pouvoir certain dans sa manière de travailler. Il ne se contentait pas d'attendre la nature, il se l'appropriait avec douceur, la modelant selon sa vision des choses, la taillant à la mesure de ses idées.

Il imposait sa volonté à la scène, modulant les changements de lumière par l'utilisation d'objectifs différents, de films différents, parfois d'un filtre. Il ne luttait pas, il dominait avec ses compétences et son intelligence. Les fermiers eux aussi dominaient la nature avec des produits chimiques et des bulldozers. Mais Robert Kincaid avait une façon de modifier la nature qui était souple et la laissait intacte quand il avait terminé.

Elle regarda son jean serrer les muscles de ses cuisses tandis qu'il s'agenouillait, la chemise en denim délavé qui se tendait sur son dos, ses cheveux gris qui tombaient sur son col. Elle le regarda s'asseoir pour ajuster une pièce et, pour la première fois depuis bien longtemps, elle sentit monter son désir simplement en regardant quelqu'un. Quand elle s'en rendit compte, elle leva les yeux vers le ciel du soir et prit une aspiration en l'écoutant pester doucement contre un filtre coincé qu'il n'arrivait pas à dévisser de l'objectif.

Il traversa à nouveau la rivière en direction des camionnettes, fendant l'eau avec ses bottes en caoutchouc. Francesca passa par le pont couvert et, quand elle sortit de l'autre côté, il était à genoux, l'appareil photo pointé sur elle. Il prit une photo, réarma et prit une deuxième puis une troisième photo tandis qu'elle marchait vers lui sur la route. Elle esquissa un sourire forcé, légèrement embarrassée.

« Ne vous en faites pas. » Il souriait. « Je ne les utiliserai pas sans votre autorisation. J'ai terminé. Je pense que je vais passer au motel et faire un brin de toilette avant de venir chez vous.

— Eh bien, si vous voulez. Mais je peux vous offrir une serviette, une douche, une vieille pompe à bras ou quelque chose de ce genre, dit-elle doucement, sérieusement.

— C'est d'accord. Allez-y. Je vais ranger mon matériel dans Harry — c'est ma camionnette — et j'arrive. »

Elle sortit la camionnette Ford toute neuve de Richard du bosquet d'arbres, quitta le pont par la route principale, tourna à droite et prit la route de Winterset qu'elle coupa au sud-est pour rentrer chez elle. Il y avait trop de poussière pour qu'elle puisse voir s'il la suivait, bien qu'à un moment, à un tournant, elle eût l'impression de voir ses feux à cent mètres derrière elle. C'était bien lui, car elle l'entendit monter l'allée juste après être arrivée. Jack se mit d'abord à aboyer, mais se calma tout de suite, semblant se dire : « Le même type qu'hier soir, je suppose que ça va. » Kincaid s'arrêta un instant pour lui parler.

Francesca s'avança sur le porche. « Une douche ?

— Ce serait merveilleux. Montrez-moi le chemin. »

Elle l'emmena au premier dans la salle de bains qu'elle avait réclamée avec insistance à Richard quand les enfants avaient grandi. C'était l'une des rares choses qu'elle avait exigées. Elle aimait prendre de longs bains le soir, et elle n'avait pas envie de se battre avec des adolescents qui envahissaient son espace privé. Richard utilisait l'autre salle de bains, il prétendait qu'il ne se sentait pas à son aise avec tous les objets féminins dans la sienne. « Trop de chichis », disait-il.

Pour atteindre la salle de bains, il fallait passer par leur chambre. Elle ouvrit la porte et sortit plusieurs serviettes et un gant de toilette d'un placard au-dessus du lavabo. « Prenez ce que vous voulez. » Elle sourit en mordant légèrement sa lèvre inférieure.

« J'emprunterais bien du shampooing, si cela ne vous gêne pas. Le mien est au motel.

— Bien sûr. Choisissez. » Elle posa trois

bouteilles différentes sur la tablette, toutes entamées.

« Merci. » Il étala ses vêtements sur le lit, et Francesca nota le pantalon kaki, la chemise blanche et les sandales. Les hommes du coin ne portaient pas de sandales. Quelques hommes de la ville avaient commencé à porter des bermudas sur le terrain de golf. Mais des sandales... jamais.

Elle descendit au rez-de-chaussée et entendit la douche se mettre en marche. « Il est nu maintenant », pensa-t-elle, et elle sentit une étrange sensation dans le bas-ventre.

Plus tôt dans la journée, après son coup de fil, elle avait fait vingt-cinq kilomètres jusqu'à Des Moines pour aller chez le marchand de vins. Elle n'était pas très expérimentée et elle avait demandé au vendeur de choisir un bon vin. Il en savait autant qu'elle, c'est-à-dire rien. Aussi avait-elle fait le tour des rayons jusqu'à ce qu'elle tombe sur l'étiquette « Valpolicella ». Cela lui rappelait des souvenirs lointains. Un vin rouge italien. Elle en avait acheté deux bouteilles ainsi qu'une nouvelle bouteille de brandy, se sentant sensuelle et sophistiquée. Puis elle chercha une robe d'été dans une boutique du bas de la ville. Elle en trouva une d'un rose léger avec de fines bretelles, un décolleté dans le dos et un autre assez profond qui dévoilait le haut de sa poitrine, serrée à la taille par une ceinture étroite. Et elle avait aussi acheté des sandales neuves blanches, un modèle cher, à talons plats, aux lanières délicatement travaillées à la main.

L'après-midi, elle avait cuisiné des poivrons farcis avec un mélange de sauce tomate, de riz brun, de fromage et de persil haché. Puis venait une simple salade d'épinards, du pain au maïs et un soufflé aux pommes comme dessert. Tout cela, sauf le soufflé, avait été mis dans le Frigidaire.

Elle se dépêcha de raccourcir sa robe à hauteur du genou. Un article du *Register* de Des Moines, paru au début de l'été, affirmait que c'était la longueur en vogue cette année. Elle avait toujours trouvé la mode, et tout ce que cela impliquait plutôt étrange, les gens suivaient comme des moutons de Panurge les couturiers européens. Mais cette longueur lui convenait, aussi adapta-t-elle son ourlet.

Le vin posait un problème. Ici, les gens le mettaient au réfrigérateur, bien que cela ne se fasse pas en Italie. Pourtant, il faisait trop chaud pour qu'elle le laisse sur la table. Puis elle se rappela la cabane au bord de l'eau. Il y faisait seize degrés en été, et elle alla mettre le vin le long du mur.

La douche s'arrêta au premier à l'instant où le téléphone sonna. C'était Richard qui l'appelait de l'Illinois.

« Tout va bien ?

— Oui.

— Le bouvillon de Carolyn est présenté mercredi. Nous avons d'autres choses à voir le lendemain. Nous serons de retour vendredi dans la soirée.

— D'accord, amusez-vous bien. Conduisez prudemment.

— Frannie, tu es sûre que tout va bien ? Tu as une voix un peu bizarre.

— Non, je vais bien. J'ai juste chaud. Je me sentirai mieux après mon bain.

— Bon. Fais une caresse à Jack pour moi.

—Entendu. » Elle jeta un coup d'œil au chien affalé sur le sol en béton du porche.

Robert Kincaid descendit l'escalier et entra dans la cuisine. Une chemise blanche au col boutonné, les manches roulées au-dessus des coudes, un pantalon kaki clair, des sandales marron, un bracelet d'argent, les deux derniers boutons de sa chemise ouverts, une chaîne d'argent. Ses cheveux étaient encore humides et soigneusement peignés, partagés au milieu. Et elle s'émerveilla de ses sandales.

« Je vais juste sortir mes vêtements de travail de la camionnette et nettoyer un peu mon matériel.

— Allez-y. Je vais prendre un bain.

— Vous voulez une bière avec votre bain ?

— Si vous en avez une en trop. »

Il apporta d'abord la glacière, lui sortit une bière et l'ouvrit tandis qu'elle prenait deux grands verres qui pouvaient servir de chopes. Quand il repartit chercher son matériel, elle prit sa bière et monta au premier, remarqua qu'il avait nettoyé la baignoire et fit couler un grand bain chaud, posant sa bouteille par terre à côté d'elle pendant qu'elle se rasait les jambes et se savonnait. Quelques minutes plus tôt, il se trouvait ici ; elle était allongée là où l'eau avait coulé sur son corps et elle trouvait cette idée extrêmement érotique. Presque tout ce qui concernait Robert Kincaid commençait à lui paraître érotique. Quelque chose d'aussi simple qu'un verre de bière fraîche au moment du bain lui semblait très élégant. Pourquoi est-ce que Richard et elle ne vivaient pas comme ça ? En partie, elle le savait, à cause de l'inertie des habitudes. Tous les mariages, toutes les relations couraient ce risque. Les habitudes entraînaient la routine et la routine avait son propre confort, elle en était consciente.

Et puis il y avait la ferme. Comme un invalide accaparant, elle demandait une attention constante, bien que l'introduction progressive des machines eût rendu le travail moins pénible qu'il ne l'avait été par le passé.

Mais il y avait quelque chose de plus à l'œuvre ici. La routine est une chose, la peur du changement en est une autre. Et Richard avait peur du changement, quel qu'il fût, dans leur mariage. Il ne voulait pas en parler, en général. Il ne voulait pas parler de sexe, en particulier. L'érotisme était une affaire dangereuse, étrangère à ses modes de pensée.

Mais il n'était pas le seul et il n'était pas vraiment responsable. Quelle barrière s'était donc dressée entre eux et la liberté ? Pas seulement dans leur vie à la ferme, mais dans la culture rurale ? Peut-être la culture urbaine, justement. Pourquoi des murs et des barbelés empêchaient-ils des relations simples, naturelles entre les hommes et les femmes ? Pourquoi ce manque d'intimité, cette absence d'érotisme ?

Les magazines féminins parlaient de ces problèmes. Et les femmes aspiraient de plus en plus à un autre rôle que celui qui leur était imparti dans l'ordre des choses, comme dans la chambre à coucher. Les hommes comme Richard — la plupart des hommes, devinait-elle — étaient menacés par ces aspirations. D'une certaine façon, les femmes demandaient aux hommes d'être des poètes et en même temps des amants passionnés, impétueux.

Les femmes n'y voyaient pas de contradictions. Les hommes si. Les vestiaires, les réunions d'hommes, les parties de billard et les activités strictement masculines définissaient un certain ensemble de caractéristiques dans lequel la poésie, ou toute autre subtilité, n'avait rien à faire. Donc, puisque l'érotisme était une affaire de subtilité, une forme d'art, et Francesca savait que c'était le cas, il n'avait pas de place dans la trame de leurs vies. Aussi le jeu ingénieux, dérivatif et commode qui les tenait à distance continuait-il, tandis que, dans le comté de Madison, les femmes soupiraient et se tournaient la nuit contre le mur.

Il y avait quelque chose dans l'esprit de Robert Kincaid qui comprenait tout cela, implicitement. Elle en était sûre.

Elle traversa la chambre tout en s'essuyant et s'avisa qu'il était un peu plus de dix heures. Il faisait toujours chaud, mais le bain l'avait rafraîchie. Elle sortit sa nouvelle robe du placard.

Elle ramena ses longs cheveux noirs en arrière et les attacha avec une barrette en argent. Des boucles d'oreilles en argent, de grands anneaux, et un bracelet d'argent souple qu'elle avait aussi acheté à Des Moines le matin.

À nouveau le parfum Chant du vent. Un peu de rouge sur les pommettes, un ton de rose encore plus clair que celui de sa robe. Son hâle dû au travail en plein air mettait l'ensemble en valeur. Ses jambes minces étaient parfaites sous cette longueur de robe. Elle se tourna d'un côté, puis de l'autre, s'observant dans le miroir du bureau. « C'est à peu près ce que je peux faire de mieux », pensa-t-elle. Et puis, satisfaite, elle commenta à mi-voix : « C'est plutôt bien, cela dit. » Robert Kincaid attaquait sa seconde bière et rangeait ses appareils photo quand elle entra dans la cuisine. Il leva les yeux pour la regarder.

« Mon Dieu ! » dit-il doucement. Toutes ses émotions, toutes ses quêtes et toutes ses réflexions, une vie entière d'émotions, de quêtes et de réflexions, se rencontrèrent à ce moment-là. Et il tomba amoureux de Francesca Johnson, femme de fermier, du comté de Madison, dans l'Iowa, venue de Naples longtemps auparavant.

« Je veux dire... — sa voix était un peu tremblante, un peu rauque — pardonnez mon audace, mais vous êtes éblouissante. Éblouissante-à-faire-hurler-de-désir. Je suis sérieux. Vous êtes extrêmement élégante, Francesca, dans le plus pur sens du terme. »

Son admiration était sincère, elle s'en rendait compte. Elle s'en délectait, elle s'y baignait, s'y immergeait, de toutes les particules de son corps comme de l'huile douce posée par les mains d'un dieu qui l'avait abandonnée voici longtemps et qui était maintenant de retour. Et, dans la force de ce moment, elle tomba amoureuse de Robert Kincaid, écrivain-photographe de Bellingham, dans l'État de Washington, qui conduisait une vieille camionnette nommée Harry.

## Un espace où danser à nouveau

Ce mardi soir d'août 1965, Robert Kincaid regarda intensément Francesca Johnson. Et elle lui rendit son regard. Ils étaient enchaînés, à trois mètres l'un de l'autre, d'une manière indéfectible, profonde et inexorable.

Le téléphone sonna. Elle le regardait toujours et ne bougea pas ni à la première ni à la seconde sonnerie. Dans le long silence qui suivit cette seconde sonnerie, et avant la troisième, il prit une grande inspiration et détourna les yeux vers ses sacs d'appareils photo. Cela permit à Francesca de traverser la cuisine pour atteindre le téléphone sur le mur d'entrée, juste derrière la chaise.

« Allô... Bonjour, Marge. Oui, je vais bien. Jeudi soir ? » Elle fit un rapide calcul : il avait dit qu'il avait l'intention de rester une semaine, il était arrivé hier et aujourd'hui était un mardi. Elle décida sans hésiter de mentir.

Debout près de la porte qui menait au porche, le téléphone à la main, elle le voyait tout près d'elle, assis de dos. Elle avança sa main libre et la posa sur son épaule, de cette façon naturelle qu'ont certaines femmes avec les hommes à qui elles tiennent. En vingt-quatre heures, elle s'était mise à tenir à Robert Kincaid.

« Oh, Marge, je ne peux vraiment pas. J'ai des courses à faire à Des Moines. J'en profite, comme Richard et les enfants sont absents, pour faire ce pour quoi je n'ai jamais le temps, d'habitude. »

Sa main reposait calmement sur le corps de Robert Kincaid. Elle pouvait sentir le muscle tendu entre le cou et l'épaule, juste derrière la clavicule. Elle suivait du regard la ligne de ses épais cheveux gris, soigneusement peignés. Elle nota qu'ils tombaient en bataille sur le col. Marge bavardait.

« Oui, Richard a appelé, il y a quelques minutes... Non, le prix sera attribué mercredi, demain. Richard m'a dit qu'ils ne seraient de retour que vendredi, tard dans la soirée. Ils ont quelque chose à voir jeudi. La route est longue, surtout avec le camion à bestiaux... Non, l'entraînement de foot ne commence que la semaine prochaine. Enfin, c'est ce qu'a dit Michael. »

Elle ressentait à travers la chemise la chaleur que dégageait son corps. De sa main, cette chaleur s'insinuait le long de son bras, et puis se glissait partout où elle le voulait sans effort de sa part — sans aucun contrôle possible, en vérité. Kincaid restait immobile, pour ne faire aucun bruit qui puisse éveiller les soupçons de Marge. Francesca le devinait.

« Ah, oui, c'était quelqu'un qui cherchait son chemin. » Comme elle l'avait imaginé, Floyd Clark, sitôt rentré chez lui hier, avait raconté à sa femme qu'il avait vu une camionnette verte dans la cour des Johnson.

« Un photographe ? Mon Dieu, je ne sais pas. Je n'ai pas fait très attention. C'est possible. » Les mensonges venaient plus facilement maintenant.

« Il cherchait le pont Roseman... C'est vrai ? Des photos des vieux ponts, hein ? Oh, c'est plutôt inoffensif.

— Un hippie ? » Francesca éclata de rire et regarda Kincaid secouer lentement la tête. « Eh bien, je ne sais pas vraiment à quoi ressemble un hippie. Ce type était poli. Il n'est resté qu'une minute ou deux, et puis il est parti... J'ignore s'il y a des hippies en Italie, Marge. Je n'y ai pas mis les pieds depuis huit ans. Et puis, je te l'ai dit, je ne suis pas sûre de pouvoir en reconnaître un, même si je le voyais. »

Marge l'entretenait d'un article qu'elle avait lu, elle ne savait plus où, sur l'amour libre, les communautés et la drogue.

« Marge, je me préparais à entrer dans mon bain quand tu as appelé, je me dépêche avant que l'eau ne refroidisse... D'accord, je t'appelle bientôt. Au revoir. »

Elle n'avait pas envie de lâcher son épaule.

Mais, comme elle n'avait aucune bonne raison de ne pas le faire, elle marcha vers l'évier et alluma la radio. Encore du country. Elle chercha autre chose jusqu'à ce qu'elle tombe sur le son d'un big band.

« *Tangerine*, dit-il.

— Quoi ?

— La chanson. C'est *Tangerine*. L'histoire d'une Argentine. » À nouveau, il parlait à la surface des choses. Dire n'importe quoi, n'importe quoi. Pour gagner du temps et retrouver la raison — tout en entendant quelque part dans son esprit le bruit presque imperceptible d'une porte qui se refermait sur deux êtres dans une cuisine de l'Iowa.

Elle lui sourit avec douceur.

« Vous avez faim ? Le dîner est prêt quand vous voulez.

— Ç'a été une longue, une bonne journée. J'aimerais bien une autre bière avant de manger. Vous en voulez une avec moi ? »

Il s'enlisait, cherchait son équilibre, le perdait de minute en minute.

Elle était d'accord. Il ouvrit deux bouteilles et en posa une sur la table pour elle.

Francesca était satisfaite de son apparence et de ce qu'elle ressentait. Féminine. Voilà comment elle se sentait. Légère, chaleureuse et féminine. Elle s'assit sur la chaise de cuisine, croisa les jambes et l'ourlet de sa robe découvrit son genou droit. Kincaid s'appuyait sur le réfrigérateur, les bras croisés, la Budweiser à la main. Elle était contente qu'il pût voir ses jambes, et il les regardait effectivement.

Il voyait tout d'elle. Il aurait pu partir plus tôt, avait encore le temps de partir. Sa raison hurlait. « Laisse tomber, Kincaid, reprends ta route. Photographie tes ponts, pars en Inde. Arrête-toi en chemin à Bangkok et va voir la fille du marchand de soie qui connaît des traditions ancestrales pour vous mener à l'extase. Va nager avec elle, nu, à l'aube, dans les rivières de la jungle et écoute-la crier quand tu la pénètres au crépuscule. Laisse tomber — la voix devenait stridente —, tu es dépassé par les événements. »

Mais un lent tango des rues avait commencé à jouer, quelque part. Il entendait un vieil accordéon. Au loin ou au-devant, il ne savait plus très bien. Pourtant la musique s'avançait vers lui, résolument. Elle semait le trouble dans ses idées et réduisait, une à une, les possibilités qui ouvraient à un sentiment d'unité. Inexorablement, jusqu'à ce qu'il n'y eût plus aucun lieu où aller, sauf vers Francesca Johnson.

« Nous pourrions danser si vous voulez. C'est une bonne musique pour ça, proposa-t-il de son ton sérieux et timide. Je ne suis pas vraiment un bon danseur, mais si ça vous dit, je peux sans doute me débrouiller dans une cuisine. »

Jack gratta à la porte du porche pour rentrer. Il pouvait rester dehors.

Francesca rougit seulement un petit peu. « D'accord. Mais moi non plus je ne danse pas beaucoup... plus maintenant. En Italie, oui, quand j'étais jeune fille, mais ici ça m'arrive surtout le jour de l'an, et encore ça ne dure pas longtemps. »

Il sourit et posa sa bière sur le plan de travail. Elle se leva et ils marchèrent l'un vers l'autre. « C'est votre soirée dansante du mardi soir sur WGN, Chicago, précisa une voix suave de baryton. Nous serons de retour après une page de publicité. »

Ils éclatèrent de rire. Des coups de téléphone et des flashes publicitaires. Quelque chose qui s'obstinait à glisser la réalité entre eux. Ils le savaient sans se le dire.

Mais il avait quand même tendu la main vers elle et avait saisi la sienne. Il était adossé nonchalamment au plan de travail, pieds croisés, le droit sur le gauche. Elle, appuyée contre l'évier, à son côté, regardait par la fenêtre près de la table, tout en sentant ses doigts fins enserrer sa main.

Dehors, pas un souffle de brise, les grands champs de maïs.

« Oh, juste une minute. » Elle retira sa main à contrecœur et ouvrit le premier tiroir du buffet. Elle en sortit deux bougies blanches, achetées le matin à Des Moines ainsi que deux petits chandeliers en bronze. Elle les posa sur la table. Il s'approcha, redressa les bougies et les alluma tandis qu'elle éteignait la lumière du plafonnier. La pièce était maintenant plongée dans l'obscurité, sauf pour les petites flammes qui montaient bien droites, à peine agitées dans cette nuit sans vent. La cuisine banale n'avait jamais eu si grande allure.

La musique reprit. Par bonheur, il s'agissait d'une version lente des « Feuilles mortes ».

Elle se sentait gênée. Et lui aussi. Mais il prit sa main, encercla sa taille de son bras, elle fit un pas vers lui et la gêne disparut. Les choses se mettaient en place naturellement. Il l'enlaça plus étroitement et la serra contre lui.

Elle pouvait sentir son odeur, une odeur de propreté, de savon et de chaleur. La bonne odeur simple d'un homme civilisé qui semblait aussi, pour une part de lui-même, être un aborigène.

« J'aime votre parfum, dit-il, en amenant leurs mains sur sa poitrine, près de l'épaule.

— Merci. »

Ils dansèrent, lentement. Presque immobiles. Elle pouvait sentir ses jambes contre les siennes et leurs ventres se frôler de temps à autre.

Fin de la chanson, mais il ne la lâcha pas, fredonnant la mélodie qu'ils venaient d'entendre, et ils restèrent ainsi jusqu'à ce que commence la chanson suivante. Il enchaîna automatiquement, et la danse reprit tandis que les criquets se lamentaient à l'arrivée de septembre.

Elle sentait les muscles de ses épaules à travers la fine chemise de coton. Il était réel, plus réel que tout ce qu'elle avait jamais connu. Il se pencha légèrement pour poser sa joue contre la sienne.

Il lui avait dit un jour, dans les moments qu'ils passèrent ensemble, qu'il était l'un des derniers cow-boys. Ils étaient assis sur l'herbe, près de la pompe à l'arrière de la maison. Elle n'avait pas compris et lui avait demandé ce qu'il voulait dire.

« Il y a une certaine race d'hommes qui n'a plus de raison d'être, avait-il répondu. Ou presque plus. Le monde s'organise, il est bien trop organisé pour des gens comme moi et quelques autres. Chaque chose à sa place, une place pour chaque chose. D'accord, je l'admets, mon matériel est bien rangé. Mais cela va bien plus loin. Les règles, les règlements, les lois et les conventions sociales...

Les hiérarchies, les contrôles, les prévisions et les budgets. Le pouvoir des entreprises ; le dieu des affaires. Un monde de costumes chiffonnés et de noms bien étiquetés.

« Les hommes ne sont pas tous pareils. Certains se débrouilleront dans ce monde qui vient. D'autres, peut-être juste quelques-uns d'entre nous, ne pourront pas. On s'en rend compte avec les ordinateurs, les robots et ce qu'ils signifient. Dans les civilisations anciennes, nous avions des tâches à accomplir, des tâches nécessaires et que personne, pas une machine, ne pouvait faire à notre place. Nous courions vite, nous étions vigoureux et athlétiques, agressifs et endurcis. Courageux. Nous pouvions lancer nos javelots et nous battre à mains nues.

« Avec le temps, les ordinateurs et les robots prendront le pouvoir. Les humains s'occuperont de ces machines, mais cela ne demande aucun courage, aucune force, aucune qualité de ce genre. En fait, les hommes survivent à leur utilité. Les banques de sperme peuvent assurer la survie de l'espèce, elles commencent à se développer.

La plupart des hommes sont de mauvais amants, c'est ce que disent les femmes, donc on ne perdra pas grand-chose à remplacer la sexualité par la science.

« Nous avons renoncé à notre liberté d'action, nous nous sommes organisés, nous avons étouffé nos émotions. Il y a l'efficacité, la production et tous ces autres concepts artificiels. Avec la liberté d'action, disparaît le cow-boy, en même temps que le lion des montagnes et le loup gris. Il n'y a plus beaucoup de place pour les voyageurs.

« Je suis l'un des derniers cow-boys. Mon travail me laisse une forme de liberté. Dans les limites que m'autorise notre société. Je ne m'en plains pas. J'éprouve juste un peu de regret, sans doute. Mais c'est nécessaire ; c'est la seule façon de nous protéger de la destruction. Selon moi, les hormones mâles sont la cause principale des problèmes de cette planète. C'était une chose que de dominer une autre tribu, ou un autre guerrier. C'en est une autre que de commander des missiles. Ou de détruire la nature comme on le fait !

Rachel Carson a raison. John Muir et Aldo Leopold aussi.

« La malédiction de notre civilisation moderne, c'est la prépondérance des hormones mâles là où elles peuvent causer des dégâts irréparables. Sans parler des guerres entre les nations ou des attaques contre la nature, il y a toujours cette agressivité qui divise les hommes, et les conflits à résoudre. Nous devons trouver comment sublimer ces hormones mâles ou, en tout cas, les maîtriser.

« Il est probablement temps que nous renoncions aux choses de l'enfance pour grandir. Bon Dieu, je le reconnais, je l'admets : j'essai simplement de prendre des bonnes photos et de me tirer de cette vie avant d'avoir perdu toute raison d'être ou d'y faire de sérieux dégâts. »

Avec les années, elle avait pensé à ce qu'il avait dit là. Elle trouvait cela juste d'une certaine façon, en apparence. Son attitude contredisait pourtant ses propos. Il possédait une profonde agressivité, mais il semblait pouvoir la contrôler, s'en servir ou s'en défaire à volonté. Et c'était ce qui l'avait à la fois troublée et attirée — cette incroyable intensité, mais une intensité toute contrôlée, mesurée, tendue comme une flèche, en même temps que chaleureuse et sans une pointe de méchanceté.

Ce mardi soir, progressivement et sans y penser, ils s'étaient rapprochés peu à peu en dansant dans la cuisine. Francesca, serrée contre sa poitrine, se demandait s'il pouvait sentir ses seins à travers sa robe et sa chemise, et elle en était certaine.

Elle aimait tellement être contre lui. Elle aurait voulu que ce moment ne s'arrête jamais. Écouter des vieilles chansons, danser, sentir son corps contre le sien, encore et toujours. Elle était redevenue une femme. Il y avait un espace où danser à nouveau. Lentement, inexorablement, elle rentrait chez elle, dans un endroit où elle n'était jamais allée.

Il faisait chaud. L'humidité montait et on entendait des bruits de tonnerre au loin vers le sud-ouest. Les phalènes se pressaient contre le grillage, fascinées par les bougies, attirées par le feu.

Il ne faisait plus qu'un avec elle maintenant. Et elle avec lui. Elle écarta sa joue de la sienne, et le regarda de ses yeux noirs, il l'embrassa et elle lui rendit son baiser, un long baiser tendre, une longue rivière.

Ils ne firent plus semblant de danser et les bras de Francesca se nouèrent autour de son cou. La main gauche de Kincaid était posée sur sa hanche, juste au-dessus de ses reins, son autre main caressait son cou, sa joue et ses cheveux. Thomas Wolfe a parlé du « fantôme archaïque du désir ». Ce fantôme s'était réveillé en Francesca Johnson. En eux deux.

Assise près de la fenêtre, le jour de son soixante-septième anniversaire, Francesca regardait la pluie et se souvenait. Elle avait porté son brandy dans la cuisine et s'était arrêtée un instant pour contempler l'endroit exact où ils s'étaient tenus tous les deux. Les sensations qui l'assaillaient devenaient irrésistibles, comme toujours. Si fortes qu'au cours de ces années, elle ne pouvait évoquer ces détails qu'une fois par an ou alors son esprit se serait désintégré sous la force de l'émotion pure.

Faire abstinence des souvenirs avait été une question de survie. Bien que ces dernières années, les détails se fussent imposés à son esprit de plus en plus souvent. Elle n'essayait plus d'empêcher Robert de revenir en elle. Les images étaient si précises, si réelles et si présentes. Et venues de si loin. Vingt-deux ans. Mais lentement, elles redevenaient sa réalité. La seule dans laquelle elle voulait vivre.

Elle savait qu'elle avait soixante-sept ans et l'acceptait, mais elle ne pouvait pas envisager que Robert Kincaid eût presque soixante-quinze ans. Elle ne pouvait pas y penser, l'imaginer ou même imaginer de l'imaginer. Il était ici près d'elle, dans sa chemise blanche, avec ses longs cheveux gris, son pantalon kaki, ses sandales marron, son bracelet et sa chaîne d'argent autour du cou. Il était ici, la tenant dans ses bras.

Elle se détacha finalement de lui, de cet endroit où ils se trouvaient dans la cuisine et lui prit la main, le menant vers l'escalier, montant les marches, traversant la chambre de Carolyn, celle de Michael avant d'atteindre la sienne. Elle alluma la petite lampe de chevet.

Aujourd'hui, tant d'années après, Francesca, son brandy à la main, montait lentement l'escalier, tendant la main droite en arrière pour guider le souvenir qu'elle avait de lui le long des marches, le long du couloir et dans la chambre.

Les images physiques étaient si clairement inscrites dans sa mémoire qu'elles auraient pu être des photos d'une netteté extrême, prises par Robert. Elle se souvenait de ce moment où, comme dans un rêve, ils avaient retiré leurs vêtements et s'étaient allongés nus sur le lit. Elle se souvenait de la manière dont il s'était tenu juste au-dessus d'elle et avait lentement frôlé avec sa poitrine son ventre et ses seins. Encore et encore, comme s'il s'agissait d'un rite de séduction animal extrait d'un vieux manuel de zoologie. En se frottant contre elle, il lui embrassait les lèvres ou l'oreille, ou passait sa langue le long de son cou, la léchant comme le ferait un beau léopard dans le veld. Il était un animal. Un animal mâle souple et fort qui ne faisait rien ouvertement pour la dominer, mais la dominait pourtant complètement, exactement comme elle le voulait à ce moment-là.

Cela allait bien au-delà du lien physique, même si sa capacité à faire l'amour très longtemps sans se fatiguer en faisait partie. Faire l'amour avec lui était — cela lui semblait presque banal aujourd'hui, maintenant qu'on en avait tant parlé ces vingt dernières années — un acte spirituel. C'était un acte spirituel, et ce n'était pas banal.

Pendant qu'ils faisaient l'amour, elle lui avait murmuré, résumant tout dans cette phrase : « Robert, tu es si fort que tu me fais peur. » Il *était* fort physiquement, mais il se servait de sa force avec circonspection. C'était bien plus que cela, cependant.

Il y avait la sexualité, bien sûr. Dès leur rencontre, elle s'était installée dans l'attente — la possibilité, en tout cas — de quelque chose d'agréable, qui romprait avec la routine de l'uniformité. Elle n'avait pas imaginé ce curieux pouvoir.

C'était presque comme s'il avait pris possession d'elle, de toutes ses dimensions. C'était cela qui l'effrayait. Elle avait toujours cru qu'une part d'elle-même se tiendrait en retrait de ce qu'elle pouvait faire avec Robert Kincaid, la part qui appartenait à sa famille et à sa vie dans le comté de Madison.

Mais il avait tout pris, tout. Elle aurait dû le savoir la première fois qu'il était sorti de sa camionnette pour lui demander son chemin. Il avait eu l'air d'un chaman, et cette première impression était juste.

Ils faisaient l'amour une heure, peut-être plus, puis il se détachait d'elle lentement et la regardait, en allumant une cigarette pour lui et une pour elle. Ou parfois, il restait allongé près d'elle, en caressant toujours son corps. Puis il entrait en elle à nouveau, murmurant des phrases tendres à son oreille tandis qu'il l'aimait, l'embrassant entre chaque phrase, entre chaque mot, un bras autour de sa taille, l'attirant vers lui, et lui vers elle.

Et elle commençait à divaguer, elle respirait plus fort, le laissait l'entraîner là où il vivait et il vivait dans des lieux étranges, hantés, bien éloignés des fondements de la logique de Darwin.

Le visage enfoui dans son cou, sa peau contre la sienne, elle sentait la rivière et les braises, elle entendait les locomotives quitter les gares de l'hiver lors de nuits révolues, elle voyait les voyageurs en robe noire qui se pressaient le long des rivières gelées et dans les champs d'été, poursuivant leur chemin vers la fin des choses. Le léopard la saisissait, encore et encore, toujours, comme un long vent des prairies, et ballottée contre lui, elle chevauchait ce vent comme une vierge sacrée volant vers les feux délicats et soumis qui marquaient la courbe douce de l'oubli.

Et elle murmurait d'une voix tendre et haletante : « Oh, Robert... Robert... Je suis en train de me perdre. »

Elle qui avait cessé d'avoir des orgasmes depuis bien des années, en avait maintenant de très longs avec cette créature mi-homme, mi-énigme. Elle s'interrogeait sur son endurance et il lui dit qu'il pouvait atteindre ces lieux en esprit autant que physiquement, et que les orgasmes de l'esprit avaient leur caractère propre.

Elle n'avait aucune idée de ce qu'il voulait dire. Tout ce qu'elle savait c'est qu'il avait pris une sorte de lien et l'avait enroulé autour de leurs corps si serré qu'elle aurait suffoqué si elle n'avait pas senti en elle cette envolée de liberté.

La nuit se déroulait, et la grande spirale de la danse continuait. Robert Kincaid renonça à toute rationalité linéaire et entra dans une part de lui-même qui ne percevait que les formes, les sons et les ombres. Il descendait les sentiers du royaume des manières ancestrales, se guidant à la lueur des bougies de givre qui fondaient au soleil sur l'herbe d'été et les feuilles rouges d'automne.

Et il entendit les mots qu'il lui murmurait à l'oreille, comme si c'était la voix d'un autre qui les disait. Les fragments d'un poème de Rilke « Le long de l'ancienne tour... J'ai erré pendant mille ans. » Les paroles d'un hymne au soleil navajo. Il chuchotait les visions qu'elle lui inspirait — les tourbillons de sable, les vents magenta et les pélicans bruns chevauchant les dauphins vers le nord, le long des côtes d'Afrique.

Des sons, ténus, inaudibles, sortaient de sa bouche tandis qu'elle s'arquait à sa rencontre. Mais c'était un langage qu'il comprenait parfaitement et dans cette femme sous lui, son ventre contre le sien, profondément en elle, la longue quête de Robert Kincaid toucha à sa fin.

Et il sut finalement ce que signifiaient toutes les petites traces de pas sur les plages désertes qu'il avait traversées, toutes les cargaisons secrètes des bateaux qui n'avaient jamais pris la mer, tous les visages aux fenêtres qui l'avaient regardé traverser les rues sinueuses des villes crépusculaires. Et comme un grand chasseur, arrivé au bout de sa vie, après avoir traversé des routes lointaines, voit soudain les lumières des feux de camp de son village natal, sa solitude l'abandonna. Enfin. Enfin. Il était venu de si loin... si loin. Et il reposait près d'elle, dans l'unité parfaite et la plénitude inaltérable que lui donnait son amour pour elle. Enfin.

Au matin, il se redressa légèrement et dit, en la regardant droit dans les yeux : « Voilà pourquoi je suis sur cette planète, maintenant, Francesca. Pas pour voyager ou faire des photos, mais pour t'aimer. Je le sais aujourd'hui. Je suis tombé du cercle d'un lieu très haut, très grand, il y a longtemps, des années avant de vivre cette vie. Et pendant toutes ces années, je tombais vers toi. »

Quand ils descendirent, la radio marchait toujours. L'aube s'était levée, mais le soleil se cachait derrière d'épais nuages.

« Francesca, j'ai une faveur à te demander. » Il lui sourit tandis qu'elle préparait le café.

« Oui ? » Elle leva les yeux vers lui. « Oh, mon Dieu, je l'aime tant », pensa-t-elle, tremblante, voulant plus de lui, que cela ne cesse jamais.

« Enfile ton jean et le T-shirt que tu portais hier soir, avec une paire de sandales. Rien d'autre. Je veux faire une photo de toi comme tu es ce matin. Une photo qui sera seulement pour nous deux. »

Elle monta l'escalier, les jambes flageolantes d'avoir passé la nuit enroulée autour de lui, s'habilla et sortit avec lui dans le pré. C'est alors qu'il avait pris la photo qu'elle regardait chaque année.

## La grand-route et le pèlerin

Robert Kincaid renonça à la photo dans les jours qui suivirent. Et, sauf pour les tâches nécessaires qu'elle réduisit au minimum, Francesca Johnson renonça à la ferme. Ils passèrent tout leur temps ensemble à parler ou à faire l'amour. Deux fois, à la demande de Francesca, il joua de la guitare et chanta pour elle d'une voix qui était mieux qu'acceptable, un peu gêné, lui disant qu'elle était son premier public. À ces mots, elle sourit et l'embrassa puis refoula ses émotions, l'écoutant chanter des chansons de pêche à la baleine et de vents du désert.

Elle prit Harry avec lui jusqu'à l'aéroport de Des Moines, d'où il expédia ses pellicules à New York. Il envoyait toujours les premiers rouleaux en avance, quand c'était possible, pour que les rédacteurs en chef puissent avoir une idée de son travail et que les techniciens puissent vérifier que les appareils fonctionnaient correctement.

Ensuite, il l'emmena déjeuner dans un restaurant chic et lui tint les mains par-dessus la table en la regardant de sa manière intense. Et le serveur sourit à leur vue, espérant qu'il éprouverait la même chose un jour.

Elle s'émerveillait de la conscience qu'avait Robert de la disparition prochaine des manières d'être comme la sienne, et de la facilité avec laquelle il l'acceptait. Il pouvait envisager la fin des cow-boys et de leurs semblables, lui y compris. Et elle commençait à comprendre ce qu'il voulait dire quand il expliquait qu'il était au point ultime d'une branche de l'évolution et que c'était une voie sans issue. À un moment, en parlant de ce qu'il appelait « les dernières choses », il avait murmuré : « "jamais plus", cria le Haut Maître du Désert. "Jamais, jamais, jamais plus." » Il ne voyait personne devant lui au bout de cette branche. Sa race n'avait plus de raison d'être.

Le jeudi, ils eurent une discussion après avoir fait l'amour l'après-midi. Tous deux savaient que cette conversation devait avoir lieu. Tous deux l'avaient évitée jusqu'à maintenant.

« Qu'allons-nous faire ? » demanda-t-il.

Elle était silencieuse, un silence déchiré. Puis : « Je ne sais pas », doucement.

« Écoute. Je peux rester ici, si tu veux, ou en ville, ou n'importe où. Quand ta famille rentrera, je parlerai avec ton mari et je lui expliquerai la situation. Ce ne sera pas facile, mais je le ferai. »

Elle secoua la tête. « Richard ne pourra jamais comprendre ; il ne pense pas en ces termes. Il ne conçoit pas la magie ni la passion, et toutes ces choses dont nous avons discuté et que nous avons vécues, et il ne les concevra jamais. Non qu'il soit un être inférieur. Tout cela est simplement trop éloigné de ce qu'il sent ou pense. Il n'a aucun moyen d'aborder le problème.

— Est-ce que nous allons y renoncer alors ? » Il était sérieux, ne souriait pas.

« Je ne sais pas non plus. Robert, curieusement, je t'appartiens. Je ne voulais pas être possédée, je n'en avais pas besoin et je sais que tu n'en avais pas l'intention, mais c'est arrivé. Je ne suis plus assise sur l'herbe à côté de toi. Je suis en toi, prisonnière et heureuse de l'être. »

Il répondit : « Je ne sais pas si tu es en moi ou si je suis en toi, ou si tu m'appartiens. Une chose est sûre, je ne veux pas te posséder. Je pense que nous sommes tous les deux à l'intérieur d'un autre être que nous avons créé et qui s'appelle "nous".

« En fait, nous ne sommes pas vraiment à l'intérieur de cet être. Nous *sommes* cet être. Nous nous sommes tous les deux perdus et nous avons créé autre chose, quelque chose qui existe seulement comme une fusion de nous deux. Dieu, nous sommes amoureux ! Aussi profondément, aussi complètement qu'on peut l'être.

« Viens voyager avec moi, Francesca. Ça ne pose pas de problème. Nous ferons l'amour sur le sable du désert, nous boirons du brandy sur les balcons de Mombasa en regardant les dhaws de l'Arabie hisser leurs voiles dans la première brise du matin. Je te montrerai les contrées du lion et une vieille ville française dans la baie du Bengale avec un merveilleux restaurant sur un toit, et les trains qui prennent les chemins de montagne et les petites auberges basques des Pyrénées. Dans une réserve de tigres du sud de l'Inde, il y a une petite île au milieu d'un énorme lac. Si tu n'aimes pas voyager, j'ouvrirai une boutique quelque part et je deviendrai le photographe local, je ferai des portraits ou n'importe quoi pour nous faire vivre.

— Robert, quand nous avons fait l'amour la nuit dernière, tu as dit quelque chose dont je me souviens très bien. Je te parlais de ton pouvoir — et Dieu sais si tu en as. Tu as répondu : "Je suis la grand-route et le pèlerin et toutes les voiles qui ont pris la mer." Tu avais raison. C'est ce que tu sens, tu sens le voyage en toi. Non, plus encore, d'une certaine façon que je ne suis pas sûre de pouvoir t'expliquer, tu es le voyage. Tu es dans cette fissure où l'illusion rencontre la réalité, là-bas sur la route et la route c'est toi.

« Tu es tes vieux sacs à dos, une camionnette nommée Harry et les jets pour l'Asie. Et c'est ce que je veux que tu sois. Si ta branche de l'évolution est sans issue, comme tu l'as dit, alors je veux que tu vives intensément cette fin. Je ne suis pas certaine que tu puisses faire cela avec moi. Tu ne comprends pas, je t'aime tellement qu'il m'est impossible de te limiter. Sinon, ce serait tuer le magnifique animal sauvage que tu es, et le pouvoir mourrait avec toi. »

Il voulut parler, mais Francesca l'arrêta.

« Robert, je n'ai pas complètement fini. Si tu me prenais dans tes bras, que tu me portais jusqu'à ta camionnette et me forçais à partir avec toi, je ne dirais rien. Tu pourrais arriver au même résultat avec des mots. Mais je ne pense pas que tu le feras. Tu es trop sensible, trop conscient de mes sentiments pour cela. Et j'ai un sentiment de responsabilité ici.

« Oui, d'une certaine manière, ma vie est ennuyeuse. Elle manque de romantisme, d'érotisme, des danses dans la cuisine éclairée à la bougie, de la merveilleuse sensation d'être auprès d'un homme qui sait aimer une femme. Et surtout, tu y manques. Mais j'ai ce sacré sentiment de responsabilité. Envers Richard, envers les enfants. Mon départ, mon absence physique serait déjà assez dur pour Richard. Cela suffirait à le détruire.

« En plus, et c'est bien pire, il devrait passer le reste de sa vie à entendre les chuchotements des gens d'ici. "C'est Richard Johnson. Sa petite Italienne de femme en chaleur est partie avec un photographe aux cheveux longs il y a quelques années." Richard devrait supporter ça et les enfants entendraient les quolibets de Winterset aussi longtemps qu'ils y vivraient. Ils souffriraient eux aussi. Et ils me haïraient pour ça.

« Même si je te veux, si je veux être avec toi, être une partie de toi, je ne peux pas m'arracher à la réalité de ces responsabilités. Si tu me forces, physiquement ou mentalement, à partir avec toi, comme je te l'ai dit, je ne pourrai pas me battre. Je n'en ai pas la force, compte tenu de ce que je ressens pour toi. J'ai dit que je ne voulais pas t'enlever le voyage, mais je te suivrais pour satisfaire mon besoin égoïste d'être avec toi.

« Alors, je t'en prie, ne m'y oblige pas. Ne m'oblige pas à abandonner mes responsabilités. Je ne pourrais pas le faire et vivre avec cette idée. Si je partais avec toi aujourd'hui, ces pensées feraient de moi une autre femme que celle que tu as aimée. »

Robert Kincaid restait silencieux. Il comprenait ce qu'elle disait au sujet de la route, des responsabilités et de la culpabilité qui pouvait la changer. Il savait qu'elle avait raison, d'une certaine façon. Il regardait par la fenêtre et se battait avec lui-même, se battait pour comprendre les sentiments de Francesca. Elle se mit à pleurer.

Puis ils restèrent dans les bras l'un de l'autre un long moment. Et il lui murmura : « J'ai une chose à dire, une chose seulement ; je ne l'ai jamais dite à personne, et je te demande de t'en souvenir : dans un univers d'ambiguïtés, ce genre de certitude ne vous est donnée qu'une fois, et jamais plus, quel que soit le nombre de vies qu'on traverse. »

Ils firent l'amour à nouveau cette nuit-là, la nuit du jeudi, allongés l'un contre l'autre bien après le lever du soleil, se caressant et parlant à voix basse. Francesca dormit alors un peu et, quand elle se réveilla, le soleil était déjà haut dans le ciel et chaud. Elle entendit une des portières d'Harry grincer et s'habilla à la hâte.

Il avait fait du café et il était assis à la table de la cuisine en train de fumer quand elle entra. Il lui sourit. Elle traversa la pièce et enfouit son visage dans son cou, passa ses mains dans ses cheveux. Il lui enlaça la taille, l'amena contre lui et la prit sur ses genoux en la caressant.

Finalement, il se leva. Il portait son vieux jean, ses bretelles orange accrochées sur une chemise kaki propre, ses bottes Red Wing lacées très serré et son couteau d'armée suisse à sa ceinture. Sa veste de photographe était accrochée au dossier de la chaise, le déclencheur souple dépassait d'une poche. Le cow-boy était prêt à monter en selle.

« Il est temps que je parte. »

Elle hocha la tête et se mit à pleurer. Elle vit des larmes aussi dans ses yeux mais il continua à sourire de son petit sourire.

« Est-ce que ça va si je t'écris quelquefois ? Je veux au moins t'envoyer une ou deux photos.

— C'est possible », dit Francesca en s'essuyant les yeux avec la serviette accrochée à la porte du placard. « Je trouverai bien une excuse pour recevoir des lettres d'un photographe hippie, tant que ce n'est pas trop souvent.

— Tu as mon adresse et mon numéro de téléphone à Washington, n'est-ce pas ? » Elle hocha la tête. « Si je n'y suis pas, appelle les bureaux du *National Geographic*. Je vais te donner leur numéro. » Il l'inscrivit sur le bloc près du téléphone, arracha la page et la lui tendit.

« Ou tu peux toujours trouver leur numéro dans le magazine. Demande la rédaction. Ils savent où je suis la plupart du temps.

« N'hésite pas si tu veux me voir ou simplement me parler. Appelle en PCV où que je sois ; comme ça la communication n'apparaîtra pas sur tes relevés de téléphone. Et je vais rester ici encore quelques jours. Pense à ce que je t'ai dit. Je peux venir ici et régler la situation rapidement, et nous pouvons repartir pour le Nord-Ouest ensemble. »

Francesca ne répondit pas. Elle savait qu'il pouvait, en vérité, régler la situation rapidement. Richard avait cinq ans de moins que lui, mais il ne faisait pas le poids, ni intellectuellement ni physiquement face à un Robert Kincaid.

Il enfila sa veste. L'esprit de Francesca était en déroute, vide, absent. « Ne pars pas, Robert Kincaid », s'entendait-elle pleurer à l'intérieur d'elle-même.

Lui prenant la main, il passa par la porte de derrière et marcha jusqu'à sa camionnette. Il ouvrit la portière du conducteur, posa un pied sur le marchepied, puis se ravisa et la tint dans ses bras quelques minutes. Ni l'un ni l'autre ne parlaient ; ils se tenaient simplement là, émettant, recevant, imprimant en eux la sensation de l'autre, de manière indélébile. Ils réaffirmaient l'existence de cet être unique qu'il avait décrit. Pour la dernière fois, il se détacha d'elle et monta dans la camionnette, il s'assit, laissant la portière ouverte. Les larmes coulaient le long de ses joues. Les larmes coulaient le long des joues de Francesca. Lentement, il ferma la portière, les gonds grincèrent. Harry ne voulait pas démarrer, comme d'habitude, mais elle pouvait entendre Robert appuyer sur l'accélérateur et la camionnette finit par se soumettre.

Il passa la marche arrière et resta un instant la main posée sur l'embrayage. D'abord sérieux, puis avec un petit sourire, montrant le bout de l'allée du doigt. « La route, tu sais. Je serai dans le sud de l'Inde le mois prochain. Tu veux que je t'envoie une carte ? »

Elle n'arrivait pas à articuler un mot mais fit non de la tête. Elle ne pouvait pas prendre le risque que Richard la trouve dans la boîte aux lettres. Elle savait que Robert comprenait. Il hocha la tête.

La camionnette recula dans la cour, faisant crisser les graviers et s'éparpiller les poulets.

Jack en poursuivit un dans le hangar à machines en aboyant .

Robert Kincaid lui fit un signe d'adieu à travers la vitre du passager. Elle pouvait voir le soleil se refléter sur son bracelet d'argent. Et les deux premiers boutons de sa chemise ouverts.

Il s'engagea dans l'allée et la descendit. Francesca essuyait ses yeux, essayant de l'entrevoir ; la lumière du soleil créait d'étranges prismes avec ses larmes. Comme elle l'avait fait la première fois qu'ils s'étaient rencontrés, elle se précipita vers l'allée et regarda la vieille camionnette rebondir sur les bosses. Lorsqu'elle eut atteint la route, la camionnette s'arrêta, la portière du conducteur s'ouvrit et il apparut sur le marchepied. Il pouvait l'apercevoir cent mètres plus haut, toute petite à cette distance.

Il se tint là pendant qu'Harry tournait impatiemment dans la chaleur, et la regarda. Ni l'un ni l'autre ne firent un geste ; ils s'étaient déjà dit au revoir — la femme du fermier de l'Iowa, la créature au point ultime d'une branche de l'évolution, un des derniers cow-boys. Pendant trente secondes, il resta là, ses yeux de photographe ne ratant aucun détail, créant leur propre image qu'il n'oublierait jamais.

Il ferma la porte et passa les vitesses. Il pleurait à nouveau en prenant à gauche sur la route du comté vers Winterset. Il se retourna juste avant qu'un bouquet d'arbres à l'angle nord-ouest de la ferme ne lui cache la vue, et la vit assise, les jambes croisées dans la poussière, là où commençait l'allée, la tête dans ses mains.

Richard et les enfants arrivèrent en début de soirée avec des histoires concernant la foire et un ruban que le bouvillon avait gagné avant d'être envoyé à la boucherie. Carolyn s'empara immédiatement du téléphone. C'était un vendredi et Michael alla en ville avec le camion pour faire ce que font les adolescents le vendredi soir — surtout traîner dans les squares et discuter ou faire des commentaires sur les filles qui passaient en voiture. Richard alluma la télévision et dit à Francesca combien le pain au maïs était bon en en mangeant un morceau avec du beurre et du sirop d'érable.

Elle s'assit sur la balançoire du porche. Richard sortit quand son émission se termina, à dix heures. Il s'étira et dit : « C'est drôlement bon d'être de retour à la maison. » Puis, en la regardant : « Tout va bien, Frannie ? Tu as l'air un peu fatiguée, ou rêveuse ou je ne sais quoi.

— Oui, tout va bien, Richard. Je suis contente que vous soyez rentrés sans encombre.

— Bien, je n'en peux plus, la semaine a été longue à la foire et je suis crevé. Tu viens, Frannie ?

— Non, pas tout de suite. Il fait bon et je vais rester assise encore un peu. » Elle était fatiguée mais elle avait aussi peur que Richard ait envie de faire l'amour. Elle n'aurait pas pu le supporter ce soir-là.

Elle pouvait l'entendre marcher dans leur chambre, au-dessus de la balançoire sur laquelle elle était assise, pieds nus sur le sol du porche. À l'arrière de la maison, elle entendait la radio de Carolyn.

Elle évita d'aller en ville les jours suivants, consciente tout le temps de ce que Robert Kincaid se trouvait à quelques kilomètres de là. Franchement, elle ne pensait pas pouvoir se contrôler si elle le rencontrait. Elle était capable de courir vers lui et de dire : « Tout de suite ! Nous devons partir tout de suite ! » Elle avait pris des risques pour le voir au pont Cedar, mais à présent, c'était bien trop risqué de le revoir.

Le mardi, les provisions s'épuisaient et Richard avait besoin d'une pièce pour la machine à maïs qu'il remettait en état. C'était une journée lourde, pluvieuse, légèrement brumeuse, froide pour un mois d'août.

Richard trouva sa pièce et prit un café avec les autres hommes au bistrot pendant qu'elle achetait les provisions. Il savait à peu près combien de temps elle mettait et il l'attendait devant le supermarché quand elle sortit. Il sauta de la voiture, arborant sa casquette Allis-Chalmer et l'aida à installer les sacs dans la camionnette Ford, sur les sièges et autour de ses genoux. Elle pensa aux trépieds et aux sacs à dos.

« Il faut que je repasse à l'usine, j'ai oublié de prendre une pièce qui peut m'être utile. »

Ils prirent vers le nord sur la Route 169, la rue principale de Winterset. Au coin sud de la station Texaco, elle vit Harry qui quittait la pompe à essence, ses essuie-glaces en marche, et s'engageait sur la route devant eux.

À leur allure, ils rattrapèrent la vieille camionnette et, de la Ford, elle pouvait voir une toile goudronnée noire, bien sanglée à l'arrière, sur laquelle se détachaient les formes d'une valise et d'un étui à guitare, attachées à une des roues de secours posée à plat. La vitre arrière était couverte de pluie mais une partie de sa tête était visible. Il se pencha comme pour prendre quelque chose dans la boîte à gants, huit jours plus tôt il avait fait ce geste et son bras avait frôlé sa jambe. Sept jours plus tôt, elle était allée acheter une robe rose à Des Moines.

« Cette camionnette est bien loin de chez elle, remarqua Richard. L'État de Washington. On dirait que le conducteur est une femme, des cheveux longs en tout cas. En y réfléchissant, je parie que c'est ce photographe dont on parlait au bistrot. »

Ils suivirent Robert Kincaid sur quelques centaines de mètres en direction du nord jusqu'au croisement de la 169 avec la 92, qui va d'est en ouest. C'était un carrefour à quatre voies, avec un lourd trafic, dans toutes les directions, que le brouillard et la pluie qui s'étaient intensifiés rendaient encore plus difficile.

Ils restèrent vingt secondes à l'intersection. Il était seulement à trente mètres d'elle. Elle pouvait encore le faire : sortir, courir jusqu'à la portière droite d'Harry et grimper sur les sacs à dos, la glacière et les trépieds.

Depuis que Robert Kincaid s'était éloigné ce vendredi, elle avait réalisé qu'en dépit de l'amour qu'elle lui avait porté, elle avait encore beaucoup sous-estimé ses sentiments. Cela paraissait impossible, mais c'était vrai. Elle commençait tout juste à comprendre ce qu'il savait déjà.

Mais elle ne bougea pas, pétrifiée par ses responsabilités, regardant cette vitre arrière plus intensément qu'elle n'avait jamais regardé quoi que ce soit d'autre dans sa vie. Son clignotant gauche se mit en marche. Dans un instant, il aurait disparu. Richard tripotait la radio.

Elle commença à percevoir les choses au ralenti, un jeu curieux de son esprit. Son tour arriva et... lentement... lentement... il engagea Harry dans l'intersection — elle pouvait imaginer ses longues jambes qui appuyaient sur le frein et l'accélérateur, son bras droit qui passait les vitesses —, tourna à gauche sur la 92 vers Council Bluffs, les Montagnes noires et le Nord-Ouest... Lentement... la vieille camionnette prit son virage... Lentement... si lentement elle vira au carrefour, pointant son nez vers l'ouest.

Aveuglée par les larmes, la pluie et le brouillard, elle pouvait à peine apercevoir l'inscription d'un rouge passé sur la portière : « Kincaid photographe — Bellingham, Washington. »

Il avait descendu sa vitre pour avoir une meilleure visibilité en prenant son virage. Il atteignit le tournant et elle pouvait voir ses cheveux voleter tandis qu'il commençait à accélérer le long de la 92, roulant vers l'ouest, remontant sa vitre en conduisant.

« Oh, mon Dieu — Dieu tout-puissant... non ! »

Les mots étaient en elle. « J'ai eu tort, Robert, j'ai eu tort de rester... mais je ne peux pas partir... Laisse-moi te dire encore... pourquoi je ne peux pas partir... Et toi, redis-moi pourquoi je dois le faire. »

Et elle entendit sa voix, venue de la grand-route : « Dans un univers d'ambiguïtés, ce genre de certitude ne vous est donnée qu'une fois, et jamais plus, quel que soit le nombre de vies qu'on traverse. »

Richard prit vers le nord. Elle regarda un instant par-delà son visage les feux arrière d'Harry dans le brouillard et la pluie. La vieille Chevrolet paraissait minuscule à côté du semi-remorque qui la croisait, fonçant vers Winterset, éclaboussant au passage le dernier cow-boy.

« Au revoir, Robert Kincaid », murmura-t-elle et elle se mit à pleurer, ouvertement.

Richard se tourna vers elle. « Que se passet-il, Frannie ? *S'il te plaît*, dis-moi ce qui se passe.

— Richard, j'ai simplement besoin de me reprendre. Tout ira bien dans quelques minutes. »

Richard mit la radio sur les cours de la Bourse, la regarda, et hocha la tête.

# Cendres

La nuit était tombée sur le comté de Madison. On était en 1987, l'année de son soixante-septième anniversaire. Depuis deux heures, Francesca était allongée sur son lit, elle pouvait voir, entendre, toucher et sentir tout ce qui s'était passé vingt-deux ans plus tôt.

Elle s'était souvenue, souvenue encore. L'image de ces feux arrière, se dirigeant vers l'ouest le long de la Route 92, dans la pluie et le brouillard, l'avait accompagnée depuis un peu plus de vingt ans. Elle toucha ses seins et elle sentit les muscles de sa poitrine la frôler. Mon Dieu, elle l'aimait tant. Elle l'aimait alors, plus qu'elle ne l'avait cru possible, l'aimait encore plus aujourd'hui. Elle aurait fait n'importe quoi pour lui, excepté détruire sa famille et le détruire lui aussi peut-être.

Elle descendit l'escalier et s'assit à la vieille table de cuisine en Formica jaune. Richard avait insisté pour en acheter une neuve. Mais elle avait exigé que celle-ci fût rangée dans le hangar et elle l'avait soigneusement emballée dans du plastique avant qu'on ne l'enlève.

« Je ne comprends pas pourquoi tu es si attachée à cette vieille table », avait remarqué Richard en l'aidant à la porter. Après la mort de celui-ci, Michael l'avait ramenée dans la maison et il n'avait jamais demandé pourquoi elle voulait remplacer la table neuve par celle-ci. Il l'avait simplement regardée d'un air interrogateur. Elle n'avait rien dit.

Elle était assise à cette table maintenant. Puis, elle se dirigea vers le buffet et sortit deux bougies blanches sur des petits chandeliers en bronze. Elle alluma les bougies et la radio, changeant de chaînes jusqu'à ce qu'elle tombe sur une musique douce.

Elle resta debout devant l'évier un long moment, levant légèrement la tête, contemplant son visage à lui, et elle murmura : « Je me souviens de toi, Robert Kincaid. Peut-être le Haut Maître du Désert avait-il raison. Peut-être étais-tu le dernier. Peut-être les cow-boys *sont*-ils tous en voie de disparition aujourd'hui. »

Avant la mort de Richard, elle n'avait jamais essayé de téléphoner ou d'écrire à Kincaid, bien qu'elle eût été tentée de le faire chaque jour au long de ces années. Si elle lui avait parlé une fois encore, elle serait partie avec lui. Si elle avait écrit, elle savait qu'il serait venu la chercher. Cela se jouait sur si peu. Durant toutes ces années, il n'avait jamais téléphoné ou écrit à nouveau, après l'envoi du paquet qui contenait les photos et le manuscrit. Elle savait qu'il comprenait ce qu'elle ressentait et les complications qu'il entraînerait dans sa vie.

Elle s'abonna au *National Geographic* en septembre 1965. L'article sur les ponts couverts parut l'année suivante et on voyait le pont Roseman dans les premières lueurs chaudes du matin, le jour où il avait trouvé son message. La couverture était une de ses photos : deux chevaux tirant une charrette vers le pont Hogback. Il avait aussi écrit le texte de l'article.

Au dos du magazine, on présentait les journalistes et les photographes, et parfois on mettait leurs photos. On l'y voyait de temps en temps. Les mêmes cheveux gris, le bracelet, des jeans ou des pantalons kaki, les appareils photo à l'épaule, les veines saillantes de son bras. Dans le Kalahari, devant les murs de Jaipur en Inde, dans un canot au Guatemala, au nord du Canada. La route et le cow-boy.

Elle les découpait et les gardait dans l'enveloppe de kraft avec le numéro sur les ponts couverts, le manuscrit, les deux photos et sa lettre. Elle rangeait l'enveloppe avec ses sous-vêtements dans la commode, un endroit où Richard n'aurait jamais eu l'idée de mettre son nez. Et l'observant à distance, suivant sa trace toutes ces années, elle avait regardé vieillir Robert Kincaid.

Le sourire était toujours le même, ainsi que

le long corps souple et musclé. Mais elle pouvait lire les rides autour des yeux, le léger tassement des fortes épaules, le lent affaissement du visage. Elle pouvait lire tout cela. Elle avait étudié ce corps plus intensément que quoi que ce soit d'autre dans sa vie, plus intensément que son propre corps. Et son vieillissement lui donnait encore plus envie de lui, si cela était possible. Elle se doutait — non, elle savait — qu'il était seul. Et il l'était.

À la lumière des bougies, sur la table, elle étudia les coupures de magazine. Il la regardait du bout de ces endroits lointains. Elle arriva à la photo privilégiée d'un numéro de 1967. Il était près d'une rivière en Afrique de l'Est, regardant l'objectif en gros plan, les sourcils froncés, sur le point de photographier quelque chose.

Quand elle avait regardé cette photographie la première fois, des années plus tôt, elle avait remarqué qu'un petit médaillon était maintenant accroché à sa chaîne d'argent. Michael était au collège. Richard et Carolyn étaient partis se coucher, elle sortit la loupe grossissante que Michael utilisait pour sa collection de timbres quand il était petit et l'approcha de la photo.

« Mon Dieu », souffla-t-elle. Sur le médaillon était inscrit « Francesca ». Une petite indiscrétion qu'elle lui pardonna en souriant. Dans toutes les photos qui suivirent, le médaillon était toujours accroché à la chaîne d'argent.

Après 1975, sa photo n'apparut plus dans le magazine. Ni son nom. Elle épluchait chaque numéro mais sans succès. Il devait avoir soixante-deux ans cette année-là.

Quand Richard mourut en 1979, après les funérailles et le départ des enfants, elle songea à appeler Robert Kincaid. Il devait avoir soixante-six ans, elle en avait cinquante-neuf. Ils avaient encore du temps devant eux, même s'ils avaient perdu quatorze ans. Elle y pensa beaucoup pendant une semaine, releva finalement le numéro de téléphone inscrit sur son papier à lettres et l'appela.

Son cœur s'arrêta de battre en écoutant le téléphone sonner. Quand elle entendit qu'on répondait, elle faillit raccrocher. Une voix de femme annonça : « Les assurances McGregor. » Francesca chavira mais se reprit pour vérifier qu'elle avait fait le bon numéro. Oui. Francesca remercia et reposa le combiné. Ensuite elle essaya d'appeler les renseignements de Bellingham, dans l'État de Washington. Personne sous ce nom. Elle essaya Seattle. Rien. Les chambres de commerce de Bellingham et Seattle. Rien. Elle demanda qu'on fasse une vérification dans les annuaires des villes. Ce fut fait, et on ne trouva personne sous ce nom. « Il peut être n'importe où », pensa-t-elle.

Elle se souvint du magazine, il lui avait dit de les appeler. La réceptionniste était polie, mais nouvelle et dut demander de l'aide pour lui répondre. Francesca eut trois interlocuteurs avant de parler à un rédacteur en chef adjoint qui travaillait là depuis vingt ans. Elle parla de Robert Kincaid.

Bien sûr que le rédacteur se souvenait de lui. « Vous essayez de le trouver, hein ? Un putain de photographe si vous me pardonnez l'expression. Bourru, pas de manière désagréable, et obstiné. Il croyait à l'art pour l'art, et cela ne marche pas vraiment avec notre public. Nos lecteurs veulent des jolies photos, bien faites, mais rien d'extravagant.

« Nous avons toujours trouvé Kincaid un peu étrange, il ne nous voyait pas en dehors du travail. Mais c'était un pro. On pouvait l'envoyer n'importe où et il faisait le boulot, même s'il n'était pas souvent d'accord avec nos décisions éditoriales. Quant à son adresse, j'étais en train de vérifier mes fiches en vous parlant. Il a quitté notre magazine en 1975. J'ai l'adresse et le numéro de téléphone suivants... » Il lui lut les informations qu'elle avait déjà. Après cela, elle cessa de chercher, elle avait surtout peur de ce qu'elle risquait de découvrir.

Elle continua à vivre, s'autorisant à penser de plus en plus souvent à Robert Kincaid. Elle conduisait encore assez bien et, plusieurs fois par an, elle se rendait à Des Moines pour déjeuner dans le restaurant où il l'avait invitée. Lors d'un de ces voyages, elle acheta un carnet relié en cuir. Et sur ces pages blanches, elle commença à raconter d'une écriture soignée les détails de leur histoire d'amour et les pensées qu'il lui inspirait. Il lui fallut trois carnets avant qu'elle ait le sentiment d'avoir accompli sa tâche.

Winterset se modernisait. Il y avait un comité artistique actif, tenu surtout par des femmes, et on parlait de rénover les vieux ponts qui avaient été laissés à l'abandon pendant des années. D'intéressants jeunes gens construisaient des maisons sur les collines. Les mentalités changeaient, les cheveux longs n'excitaient plus la curiosité, même si peu d'hommes portaient encore des sandales et s'il n'y avait presque pas de poètes.

Pourtant, à part quelques amies, elle s'était complètement retirée de la communauté. Les gens en faisaient la remarque et disaient aussi qu'on la voyait souvent au pont Roseman et parfois au pont Cedar. Parfois en vieillissant, les gens deviennent un peu bizarre, commentaient-ils, et ils se contentaient de cette explication.

Le 2 février 1982, un camion de la *United Parcel Service* remonta son allée. Elle ne se souvenait pas d'avoir passé de commande. Surprise, elle signa le reçu et regarda l'adresse : « Francesca Johnson, RR2, Winterset, Iowa, 50273. » Cela venait d'une firme d'avocats de Seattle.

Le paquet était soigneusement emballé et envoyé en recommandé. Elle le posa sur la table de la cuisine et l'ouvrit avec précaution. À l'intérieur se trouvaient trois boîtes, calées par des morceaux de mousse. Scotchée sur l'une d'entre elles, une petite enveloppe rembourrée. Sur une autre, une enveloppe professionnelle adressée à son nom et qui portait mention de la firme d'avocats.

Elle détacha l'enveloppe professionnelle et l'ouvrit en tremblant.

*25 janvier 1982*

*Mme Francesca Johnson*
*RR2*
*Winterset, IA 50273*

*Chère Madame Johnson,*

*Nous représentons la succession de Monsieur Robert L. Kincaid, récemment décédé...*

Francesca posa l'enveloppe sur la table. Dehors la neige soufflait sur les champs d'hiver. Elle la regarda voler sur les chaumes, emportant avec elle les cosses de maïs, les amoncelant dans le coin du barbelé. Elle relut la phrase.

*Nous représentons la succession de Monsieur Robert L. Kincaid, récemment décédé...*

« Oh, Robert... Robert... non », dit-elle doucement et elle baissa la tête.

Une heure plus tard, elle put reprendre sa lecture. Les formules juridiques, le style impersonnel la révoltaient.

« *Nous représentons...* »

Un avocat consciencieux.

Mais le pouvoir, le léopard qui était arrivé, accroché à la queue d'une comète, le chaman qui cherchait le pont Roseman une chaude journée d'août, et l'homme qui s'était tenu sur le marchepied d'une camionnette nommée Harry et s'était retourné pour la regarder, écrasée de douleur dans la poussière d'une allée de l'Iowa — où étaient-ils dans ces lignes ?

La lettre aurait dû faire mille pages. Elle aurait dû parler du point ultime d'une chaîne de l'évolution et de la fin de la liberté d'action, des cow-boys qui se battaient au bout d'un barbelé, comme les cosses du maïs d'hiver.

*Son seul testament date du 8 juillet 1967. Il avait explicitement laissé des instructions pour que les objets ci-joints vous soient transmis. Au cas où l'on n'aurait pu vous retrouver, ils devaient être incinérés.*

*Ci-joint aussi une boîte portant la mention « Lettre » qui contient un message à votre intention qu'il nous a fait parvenir en 1978. Il avait scellé l'enveloppe et elle n'a pas été touchée.*

*Monsieur Kincaid a été incinéré. À sa demande, aucune inscription ne porte son nom. Ses cendres ont été dispersées, à sa demande également, près de chez vous par un de nos associés. Je crois que l'endroit s'appelle le pont Roseman.*

*Si vous avez besoin de renseignements complémentaires, n'hésitez pas à nous contacter.*

*Croyez, chère Madame, à l'expression de mes sentiments distingués,*

*Allen B. Quippen, avocat.*

Elle reprit sa respiration, s'essuya les yeux et se mit à examiner le contenu du paquet.

Elle savait ce qu'il y avait dans la petite enveloppe rembourrée. Elle le savait aussi sûrement qu'elle savait que le printemps reviendrait l'année prochaine. Elle l'ouvrit avec précaution et y glissa la main. Elle en sortit une chaîne d'argent. Le médaillon qui y était accroché était rayé et portait l'inscription « Francesca ». Au dos, à l'encre, d'une écriture minuscule, étaient inscrits ces mots : « En cas de perte, faire parvenir à Francesca Johnson, RR 2, Winterset, Iowa, USA. »

Son bracelet d'argent était emballé dans du papier de soie au fond de l'enveloppe. Un morceau de papier se trouvait aussi avec le bracelet. C'était l'écriture de Francesca :

*Si vous souhaitez un autre dîner à l'heure où « les phalènes s'envolent », passez ce soir après avoir terminé votre travail, quand vous voulez.*

Son message du pont Roseman. Il l'avait gardé en souvenir.

Puis elle se rappela que c'était la seule chose d'elle qu'il ait jamais possédée, la seule confirmation de sa réalité, exceptées quelques images intangibles sur des tirages qui se désintégraient lentement. Le petit mot du pont Roseman. Il était sali et froissé, comme s'il avait été longtemps rangé dans un portefeuille.

Elle se demanda combien de fois il l'avait lu au cours de ces années, bien loin des collines de la rivière Middle. Elle pouvait l'imaginer le déchiffrant à la faible lueur d'une lampe de chevet dans un jet en route pour un pays indéfini, assis sur le sol d'une hutte de bambou dans la région du tigre et le lisant à la lumière d'une lampe de poche, le pliant et le rangeant par les nuits pluvieuses de Bellingham, puis regardant les photographies d'une femme qui s'appuyait à une barrière, un matin d'été, ou sortait d'un pont couvert au coucher du soleil.

Les trois boîtes contenaient un appareil photo et des objectifs. Ils étaient rayés, abîmés. Au dos de l'un, elle lut l'inscription « Nikon » sur le viseur et au-dessus, sur la gauche du label, la lettre F. C'était l'appareil qu'elle lui avait tendu au pont Cedar.

Finalement, elle ouvrit sa lettre. Elle était écrite à la main sur son papier à lettres et datée du 16 août 1978.

*Chère Francesca,*

*J'espère que cette lettre te trouvera en bonne santé. Je ne sais pas quand tu la recevras. Après ma mort. J'ai maintenant soixante-cinq ans, et voilà aujourd'hui treize ans que nous nous sommes rencontrés quand j'ai remonté ton allée pour demander mon chemin.*

*Je prends le risque que ce paquet dérange ta vie en quelque manière. Je ne pouvais simplement pas supporter l'idée que mes appareils finissent dans le rayon occasion d'une boutique ou dans les mains d'un étranger. Ils seront sûrement en très mauvais état quand tu les recevras. Mais je n'ai personne d'autre à qui les laisser et je m'excuse du risque que je te fais prendre en te les envoyant.*

*J'ai été presque tout le temps sur la route, entre 1965 et 1975. Pour résister à la tentation de t'appeler ou de venir te chercher, une tentation qui m'a acccompagné à presque tous les moments conscients de ma vie. J'ai accepté tous les reportages outre-Atlantique qu'on me proposait. Parfois, très souvent, je me suis dit : « Au diable. Je vais à Winterset, Iowa, et quel qu'en soit le prix, je ramène Francesca. »*

*Mais je me suis souvenu de ce que tu avais dit et je respecte tes sentiments. Peut-être que tu avais raison, je n'en sais rien. Je sais que quitter ton allée ce chaud vendredi matin a été la chose la plus difficile que j'aie jamais faite ou que je ferai jamais. En vérité, je doute qu'un homme ait accompli quelque chose de plus difficile que cela.*

*J'ai quitté le* National Geographic *en 1975 et j'ai consacré les années suivantes à photographier les choses que j'aimais, en acceptant des petits boulots quand j'en trouvais, des reportages locaux ou régionaux qui me prenaient seulement quelques jours. Ç'a été dur financièrement mais je m'en tire. Je m'en suis toujours tiré.*

*Le plus gros de mon travail concerne Puget Sound. Cela me plaît. J'ai l'impression que plus les hommes deviennent vieux, plus ils se tournent vers l'eau.*

*Ah, j'ai un chien maintenant, un retriever doré. Je l'ai appelé « Route » et il voyage la plupart du temps avec moi, le nez à la fenêtre, flairant les bonnes photos.*

*En 1972, je suis tombé d'une falaise dans le Maine, au Parc national Acadia, et je me suis brisé la cheville. Le médaillon et la chaîne ont été arrachés dans la chute. Heureusement, ils n'ont pas atterri trop loin. Je les ai retrouvés et un joaillier a réparé la chaîne.*

*Je vis la poussière au cœur. Je ne peux pas mieux dire. Il y a eu des femmes avant toi, quelques-unes, mais aucune après. J'ai fait le choix volontaire du célibat, je ne suis pas intéressé. Un jour, j'ai vu un jars du Canada dont la compagne venait d'être tuée par des chasseurs. Ils s'accouplent pour la vie, tu sais. L'imbécile a passé des journées entières à survoler l'étang, et des jours encore. La dernière fois que je l'ai vu, il nageait seul dans le riz sauvage toujours à sa recherche. Je suppose que cette analogie est un peu trop évidente pour des littéraires, mais c'est à peu près ce que je ressens.*

*Les matins brumeux ou les après-midi quand le soleil se reflète sur l'eau du nord-ouest, j'essaie d'imaginer où tu en es dans ta vie, ou ce que tu es en train de faire pendant que je pense à toi. Rien d'extraordinaire — tu sors dans le jardin, tu es assise sur la balançoire du porche ou tu te tiens près de l'évier dans ta cuisine. Des choses comme ça.*

*Je me souviens de tout. De ton odeur, de ta*

*saveur qui ressemblait à l'été. De la sensation de ton corps contre le mien, et des mots que tu me murmurais pendant que je t'aimais. Robert Penn Warren a un jour parlé « d'un monde qui semble abandonné de Dieu ». Pas mal, à peu près ce que je ressens parfois. Mais je ne peux pas toujours vivre de cette manière. Quand ce sentiment devient trop fort, je charge Harry et je pars avec « Route » quelques jours.*

*Je n'aime pas m'apitoyer sur moi-même. Ça ne me ressemble pas. Et la plupart du temps je ne suis pas comme ça. Au contraire, je suis reconnaissant de t'avoir trouvée, enfin. Nous aurions pu nous croiser comme deux poussières cosmiques.*

*Dieu, l'univers ou quel que soit le nom qu'on veuille donner aux grands systèmes d'équilibre et d'ordre, ne reconnaît pas le temps humain. Pour l'univers quatre jours n'ont pas moins de valeur que quatre milliards d'années-lumière. J'essaie de garder cela présent à l'esprit.*

*Mais je ne suis, après tout, qu'un homme. Et toutes les rationalisations philosophiques que je peux invoquer ne m'empêchent pas de te désirer chaque jour, à chaque instant. Au fond de moi, la plainte impitoyable du temps, un temps que je ne peux pas passer avec toi.*

*Je t'aime profondément et complètement. Et je t'aimerai toujours.*

*Le dernier cow-boy,*
*Robert*

*P.S. : J'ai changé le moteur d'Harry l'été dernier et il va très bien.*

Le paquet était arrivé cinq ans plus tôt. Et en regarder le contenu était devenu une part du rituel de son anniversaire. Elle avait gardé ses appareils, le bracelet et la chaîne avec le médaillon dans un coffret rangé dans le placard. Un menuisier local l'avait fabriqué selon ses instructions, en noyer, avec des protections et des compartiments rembourrés. « Une boîte drôlement sophistiquée », avait-il dit. Francesca s'était contentée de sourire.

Le manuscrit était la dernière partie du rituel. Elle le lisait toujours à la lumière des bougies en fin de journée. Elle l'avait ramené de la salle à manger et posé avec précaution sur la table en Formica jaune, près de la bougie, elle alluma sa seule cigarette de l'année, une Camel, prit une gorgée de brandy et commença à lire.

*En tombant de la dimension Z*

**Robert Kincaid**

Il y a des vents séculaires que je ne comprends pas encore, même si, toujours me semble-t-il, j'ai chevauché la courbe de leur échine. Je me déplace dans la dimension Z, le monde existe ailleurs dans une autre partie des choses, parallèle à la mienne. Comme si, mains dans les poches, un peu voûté, je le regardais à travers la vitrine d'un grand magasin.

Dans la dimension Z, il y a des moments étranges. Alors que je prenais un long virage sous la pluie, au Nouveau-Mexique à l'Ouest de Magdalena, l'autoroute est devenue un sentier et le sentier une piste. Un passage de mes essuie-glaces, et la piste devient un coin de la forêt que personne n'a jamais foulé. Un autre passage de mes essuie-glaces, et à nouveau, un espace encore plus reculé. Un lieu gelé, cette fois. Je marche dans l'herbe rase, vêtu de fourrures, les cheveux laineux, un javelot à la main, mince et dur comme la glace elle-même, tout en muscles, et en implacable ruse. Après la glace, encore plus loin dans la mesure des choses, l'eau salée profonde dans laquelle je me baigne, couvert d'écailles, respirant avec mes branchies. Je ne peux pas voir plus loin, mais après le plancton se trouve le degré zéro.

Euclide n'avait pas toujours raison. Il supposait que le parallélisme existait, de manière constante, jusqu'à la fin des choses, mais on peut envisager une perspective non euclidienne où les lignes se rejoignent dans le lointain. Un point de disparition, l'illusion d'une convergence. Pourtant, je sais que c'est plus qu'une illusion. Parfois la rencontre se produit, deux réalités fusionnent. Une sorte d'enlacement doux. Pas une intersection coupante tracée par un monde de précision, pas le bruit d'une navette. Plutôt... disons... une respiration. Oui, c'est exactement son mode et aussi, peut-être, sa sensation.

Et je vais lentement vers cette autre réalité, je la côtoie, je m'y glisse, je la parcours, avec force toujours, avec puissance toujours et pourtant toujours en faisant don de moi-même. Et l'autre le sait, il s'approche avec son propre pouvoir et se donne à moi, à son tour.

Quelque part, dans cette respiration, une musique se fait entendre et la curieuse spirale de la danse commence alors, avec une mesure bien à elle qui apaise l'homme des glaces au javelot et aux cheveux laineux. Et lentement — roulant et tournant adagio, toujours adagio — l'homme des glaces tombe... hors de la dimension Z... en elle.

Alors que se terminait la journée de son soixante-septième anniversaire, Francesca rangea l'enveloppe dans le premier tiroir du bureau à cylindre. Après la mort de Richard, elle avait décidé de la mettre au coffre à la banque, mais elle la ramenait chez elle pour quelques jours à cette période de l'année. Le couvercle du coffret en noyer se referma sur les appareils photo et le coffret fut posé sur l'étagère du placard de sa chambre.

Plus tôt cet après-midi, elle s'était rendue au pont Roseman. Elle sortit sous le porche, essuya la balançoire avec une serviette et s'y installa. Il faisait froid, mais elle n'y restait que quelques minutes, comme toujours. Ensuite elle marchait jusqu'à la barrière du champ et s'y tint un moment. Puis l'entrée de l'allée. Vingt-deux ans plus tard, elle le voyait sortir de sa camionnette pour demander son chemin, elle voyait Harry cahoter sur la route de campagne et Robert Kincaid, debout sur le marchepied, qui regardait en haut de l'allée.

## Une lettre de Francesca

Francesca mourut en janvier 1989. Elle avait alors soixante-neuf ans. Robert Kincaid aurait eu soixante-dix-sept ans cette année-là. On diagnostiqua sa mort comme « naturelle ». « Elle s'en est simplement allée », dit le médecin à Michael et Carolyn. « En fait, nous somme un peu perplexes. Nous n'avons pas pu trouver de raison apparente à cette mort. Un voisin l'a découverte écroulée sur la table de la cuisine. »

Dans une lettre à son avocat, en 1982, elle avait demandé à ce que son corps soit incinéré et que ses cendres soient dispersées au pont Roseman. L'incinération était exceptionnelle dans le comté de Madison — pour des raisons mal définies, c'était considéré comme un acte subversif — et sa demande généra beaucoup de discussions au café, à la station Texaco et parmi les chefs de l'usine. Ses cendres ne furent pas exposées au public.

Après la cérémonie mortuaire, Michael et Carolyn roulèrent lentement jusqu'au pont Roseman et accomplirent ses dernières volontés. Bien que ce pont fût tout près de chez eux, il n'avait jamais rien eu d'exceptionnel pour la famille Johnson et ils se demandaient, avec insistance, pourquoi leur mère, quelqu'un de plutôt sensé, se conduisait de manière si énigmatique et pourquoi elle n'avait pas demandé à être enterrée près de leur père, comme c'était l'usage.

Puis Michael et Carolyn entamèrent le long rangement de la maison et ils ramenèrent le contenu du coffre de la banque après qu'il fut, pour des raisons d'héritage, inventorié par un avocat assermenté de la région.

Ils se partagèrent les papiers qu'ils se mirent en devoir d'étudier. L'enveloppe de papier kraft faisait partie du lot de Carolyn, glissée au tiers de son tas. Elle fut surprise en l'ouvrant et elle en sortit les documents. Elle lut la lettre que Robert Kincaid avait écrite en 1965 à Francesca. Puis elle parcourut la lettre de 1978 et celle envoyée par l'avocat de Seattle en 1982. Enfin, elle étudia les coupures de journaux.

« Michael. »

Son ton songeur et perplexe le surprit et il leva la tête.

Carolyn avait des larmes dans les yeux et sa voix se mit à trembler. « Maman était amoureuse d'un homme qui s'appelait Robert Kincaid. Tu te souviens de ce numéro du *National Geographic* sur les ponts couverts que nous avons dû tous regarder ? C'était lui qui avait pris ces photos. Et tu te souviens des gosses qui parlaient d'un type étrange avec des appareils photo à ce moment-là ? C'était lui. »

Michael était assis en face d'elle, la cravate desserrée, le col ouvert. « Répète lentement. Je ne suis pas sûr d'avoir bien compris. »

Après avoir lu les lettres, Michael fouilla le placard du rez-de-chaussée, puis monta dans la chambre de Francesca. Il n'avait jamais remarqué auparavant le coffret de noyer et l'ouvrit. Il le porta sur la table de la cuisine. « Carolyn, ce sont ses appareils photo. »

Attachée sur l'un des côtés, se trouvait une enveloppe scellée sur laquelle Francesca avait écrit de sa main les noms de Michael et Carolyn et, glissés entre les appareils, il y avait trois carnets reliés en cuir.

« Je ne suis pas certain de pouvoir lire ce qu'il y a dans dans cette enveloppe, dit Michael. Lis-le à haute voix si tu t'en sens le courage. »

Carolyn décacheta l'enveloppe et commença la lecture :

*7 janvier 1987*

*Chers Carolyn et Michael,*

*Bien que je me sente en parfaite santé, je pense qu'il est temps pour moi de mettre mes affaires en ordre (comme on dit). Il y a quelque chose, quelque chose de très important que vous devez apprendre. C'est pourquoi je vous écris.*

*Quand vous aurez vidé mon coffre et trouvé*

*la grande enveloppe datée de 1965 qui porte mon nom, je sais que vous finirez par trouver cette lettre. Je vous demande, si vous pouvez le faire, de vous asseoir à la table de la cuisine pour la lire. Vous comprendrez bientôt la raison de cette demande.*

*Il m'est difficile d'écrire tout cela à mes propres enfants, mais je dois le faire. Quelque chose est trop fort, trop beau pour que cela meure avec moi. Et si vous devez savoir qui est votre mère, avec ses défauts et ses qualités, vous avez besoin d'apprendre ce que je vais vous dire. Armez-vous de courage.*

*Comme vous l'avez déjà découvert, il s'appelait Richard Kincaid. « L » était l'initial de son second prénom, mais je n'ai jamais su ce qu'elle représentait. Il était photographe et il est venu ici en 1965 pour photographier les ponts couverts.*

*Vous vous souvenez comme la ville était en ébullition quand les photos ont paru dans le* National Geographic. *Vous vous souvenez peut-être aussi que je me suis abonnée au magazine à cette époque. Maintenant, vous connaissez la raison de ce soudain intérêt. Soit dit en passant, j'étais avec lui (je portais un de ses sacs) quand il a pris la photo du pont Cedar.*

*Comprenez-moi bien, j'avais pour votre père une tendre affection. Je le savais alors, je le sais aujourd'hui, il était bon et il m'a donné deux enfants que j'adore. Ne l'oubliez pas.*

*Mais Robert Kincaid était quelqu'un d'entièrement différent qui ne ressemblait à personne que j'aie pu rencontrer ou dont j'aie pu entendre parler, même dans les livres. Il m'est presque impossible de vous faire sentir qui il était. D'abord, vous n'êtes pas moi. Ensuite, il aurait fallu que vous l'approchiez, que vous le voyiez bouger ou raconter comment il se trouvait au point ultime d'une branche de l'évolution. Peut-être que les carnets et les coupures de journaux vous aideront, mais même cela n'est pas suffisant.*

*D'une certaine façon, il n'appartenait pas à cette terre. Je ne peux pas mieux l'exprimer. J'ai toujours pensé qu'il ressemblait à un léopard qui aurait voyagé sur la queue d'une comète. Il en avait le corps et les mouvements. Il unissait une incroyable intensité avec un tempérament chaleureux et gentil, et il existait en lui un sens indéfini du tragique. Il avait le sentiment de n'avoir plus de raison d'être dans un monde d'ordinateurs et de robots, trop organisé en général. Il se voyait comme l'un des derniers cow-boys, c'étaient les mots qu'il employait, et il se considérait comme un vieux passéiste.*

*La première fois que je l'ai vu, il s'était arrêté pour demander le chemin du pont Roseman. Vous étiez tous les trois à la foire de l'Illinois. Croyez-moi, je ne cherchais pas une aventure. C'était bien la dernière chose à laquelle je pensais. Mais je l'ai regardé moins de cinq minutes et j'ai su que je le désirais, bien que je l'aie désiré davantage encore par la suite.*

*Et, je vous en prie, ne l'imaginez pas en Casanova prêt à courir les filles de la campagne. Il n'était pas du tout comme ça. En fait, il était un peu timide et je suis aussi responsable que lui de ce qui s'est passé. Plus même. J'ai accroché le message qui est glissé avec le bracelet au pont Roseman pour qu'il puisse le trouver le matin qui a suivi notre rencontre. En dehors des photos qu'il avait prises de moi, ce message est la seule preuve qu'il ait possédée toutes ces années de mon existence, de ma réalité.*

*Je sais que les enfants ont plutôt tendance à penser que leurs parents sont asexués, donc j'espère que ce que je vais vous dire ne vous choquera pas, et j'espère surtout que cela ne détruira pas le souvenir que vous avez de moi.*

*Dans notre vieille cuisine, Robert et moi avons passé des heures ensemble. Nous avons parlé et dansé à la lueur des bougies. Et, oui, nous avons fait l'amour dans cette pièce, dans la chambre, dans l'herbe et à peu près dans tous les endroits que vous pouvez imaginer. C'était une relation sexuelle d'une incroyable force, transcendante, et qui a duré des jours presque sans interruption. J'ai toujours beaucoup utilisé le mot « force » en pensant à lui. C'était l'impression qu'il dégageait quand nous nous sommes rencontrés.*

*Il avait l'intensité d'une flèche. J'étais simplement sans défense quand il me faisait l'amour. Je ne me sentais pas faible. Mais plutôt disons submergée par un pouvoir physique et émotionnel pur. À un moment que je lui murmurais cela, il m'a répondu seulement : « Je suis la grand-route et le pèlerin et toutes les voiles qui ont pris la mer. »*

*J'ai vérifié plus tard le terme dans le dictionnaire. Ici, quand les gens entendent le mot « pèlerin », ils pensent d'abord au faucon. Mais ce mot a bien d'autres sens, et lui devait le savoir. L'un est « étranger, non résident ». Un second est « vagabond, errant ou migrateur ». Le mot vient du latin* peregrinus, *qui signifie étranger. Il était toutes ces choses à la fois — un étranger dans le sens le plus général du terme, un vagabond et il ressemblait aussi à un faucon maintenant que j'y réfléchis.*

*Mes enfants, comprenez que ce que j'essaie d'exprimer ne peut être dit avec des mots. Je souhaite seulement que vous fassiez tous les deux la même expérience que moi, bien que je doute à présent que cela soit possible. Je sais que ce genre de propos n'est pas à la mode dans une époque éclairée comme la nôtre, mais je ne pense pas qu'une femme puisse posséder le pouvoir très particulier de Robert Kincaid. Donc Michael, autant pour toi. Quant à Carolyn, la mauvaise nouvelle c'est qu'il n'y avait qu'un seul Robert Kincaid et qu'il n'y en aura pas d'autre après lui.*

*Si vous et votre père n'aviez pas été là, je l'aurais suivi n'importe où, tout de suite. Il m'a demandé de partir avec lui, il m'a suppliée. Mais je ne l'ai pas écouté et c'était quelqu'un de trop sensible et de trop bon pour jamais tenter de bouleverser nos vies.*

*Il y a un paradoxe cependant : s'il ne s'était pas agi de Robert Kincaid, je ne suis pas certaine que j'aurais pu rester à la ferme toutes ces années. En quatre jours, il m'a donné une vie entière, un univers et a fait un tout des parties de mon être. Je n'ai jamais cessé de songer à lui, à aucun moment. Même quand je ne pensais pas consciemment à lui, je pouvais le sentir quelque part, il était toujours là.*

*Ceci dit, cela n'a jamais modifié en aucune manière les sentiments que j'avais pour vous et votre père. Si j'essaie de ne penser qu'à moi un instant, je ne suis pas sûre d'avoir pris la bonne décision. Mais si je considère notre famille, je suis presque certaine d'avoir eu raison.*

*Cependant, pour être honnête, je dois dire*

*que, depuis le début, Robert avait mieux compris que moi ce que nous formions tous les deux ensemble. Je pense que j'ai seulement commencé à saisir cette réalité avec le temps, peu à peu. Si j'en avais eu clairement conscience alors, je serais probablement partie avec lui.*

*Robert pensait que le monde était devenu trop rationnel, ayant cessé de croire autant qu'il le fallait à la magie des choses. Et je me suis souvent demandé si je n'avais pas été trop rationnelle en prenant ma décision.*

*Je suis sûre que vous avez trouvé mes dernières volontés incompréhensibles et que vous avez peut-être pensé que j'avais un peu perdu la tête en vieillissant. Quand vous aurez lu la lettre que m'a envoyée l'avocat de Seattle en 1982 et mes carnets, vous comprendrez mes raisons. J'ai donné ma vie à ma famille, je donne à Robert ce qui reste de moi.*

*Je pense que Richard savait qu'il y avait en moi quelque chose qu'il ne pouvait pas atteindre, et je me suis parfois demandé s'il n'avait pas découvert l'enveloppe à l'époque où je la gardais dans la commode de la maison.*

*Juste avant de mourir, alors que j'étais assise près de lui à l'hôpital de Des Moines, il m'a dit : « Francesca, je sais que tu as eu toi aussi tes rêves. Je suis désolé de n'avoir pas pu les réaliser. » Ce fut le moment le plus émouvant de notre vie commune.*

*Je ne veux pas que vous éprouviez de culpabilité, de pitié ou des sentiments de ce genre. Ce n'est pas mon intention. Je veux seulement que vous sachiez à quel point j'ai aimé Robert Kincaid. J'ai vécu avec cet amour tous les jours, toutes ces années, et lui aussi.*

*Bien que lui et moi ne nous soyons plus jamais parlé, nous sommes restés liés l'un à l'autre aussi profondément que deux personnes peuvent l'être. Je ne peux pas trouver les mots pour l'exprimer avec justesse. C'est lui qui l'a le mieux formulé quand il m'a dit que nous avions cessé d'être deux personnalités distinctes pour devenir une troisième personne formée de nous deux. Ni lui ni moi n'avons plus désormais existé sans cette troisième personne. Et celle-ci a été condamné à errer sans fin.*

*Carolyn, te rappelles-tu de cette terrible*

*dispute que nous avons eue un jour au sujet d'une robe rose clair qui était accrochée dans mon placard ? Tu l'avais trouvée et tu voulais la porter. Tu disais que tu ne te souvenais pas de l'avoir vue sur moi, donc qu'on pouvait l'arranger pour toi. C'était la robe que je portais la première fois que Robert et moi avons fait l'amour. Je n'ai jamais été aussi belle que cette nuit-là. C'est pourquoi je ne l'ai jamais plus portée et j'ai refusé de te la donner.*

*Après que Robert fut parti en 1965, je me suis rendu compte que je savais peu de chose sur lui, par rapport à son histoire familiale. Mais je pense avoir appris tout le reste — tout ce qui importe réellement — pendant ces quelques jours. Il était enfant unique, ses parents étaient morts et il était né dans une petite ville de l'Ohio.*

*Je ne suis pas certaine qu'il ait été au collège, ni même au lycée, mais il était d'une intelligence brillante, intuitive, primitive, presque mystique. Et il avait accompagné les Marines en tant que photographe dans le Pacifique Sud pendant la Seconde Guerre mondiale.*

*Il avait été marié et divorcé, longtemps avant*

*notre rencontre. Il n'avait pas d'enfants. Sa femme était une musicienne, une chanteuse folk, je crois, et ses longues absences en reportage avaient été trop lourdes à supporter pour leur mariage. Il endossait la responsabilité de leur séparation.*

*En dehors de cela, Robert n'avait pas de famille, autant que je le sache. Je vous demande de lui faire une place dans la nôtre, même si cela peut vous sembler difficile au début. Moi, au moins, j'avais une famille, une vie à partager avec les autres. Robert était seul. C'était injuste et je le savais.*

*Je préfère, du moins je crois, que tout ceci reste dans la famille Johnson par respect pour la mémoire de Richard et pour éviter les racontars. Cependant, je vous laisse libres de votre décision.*

*En tout cas, je n'ai pas honte de ce que Robert Kincaid et moi avons partagé. Au contraire, je l'ai désespérément aimé pendant toutes ces années, bien que, pour des raisons personnelles, je n'aie cherché à le contacter qu'une seule fois. C'était après la mort de votre père. Mes recherches ont échoué et j'ai eu peur qu'il ne lui soit arrivé quelque chose. C'est à cause de cela que je ne suis pas allée plus loin. Je ne pouvais simplement pas affronter cette réalité. Vous pouvez donc imaginer ce que j'ai ressenti quand j'ai reçu en 1982 le paquet contenant la lettre de l'avocat.*

*Je l'ai déjà dit, j'espère que vous me comprendrez et ne me jugerez pas. Si vous m'aimez, vous devez aimer ce que j'ai fait.*

*Robert Kincaid m'a appris ce que c'était qu'être une femme, comme peu de femmes, peut-être aucune, ne le sauront. Il était humain et chaleureux, il mérite votre respect, certainement, et peut-être même votre amour. J'espère que vous pourrez lui donner les deux. À sa manière, à travers moi, il a été bon pour vous.*

*Mes pensées vous accompagnent, mes enfants.*

*Maman*

Il y eut un silence dans la vieille cuisine. Michael prit une grande inspiration et regarda par la fenêtre. Carolyn détaillait la pièce, l'évier, le sol, la table, tout ce qui l'entourait.

Quand elle ouvrit la bouche, sa voix n'était plus qu'un murmure : « Oh, Michael, Michael, pense à eux, pendant toutes ces années, si amoureux l'un de l'autre. Elle a renoncé à lui pour nous et papa. Et Robert Kincaid s'est éloigné par respect de ses sentiments, Michael, c'est une idée que je peux à peine supporter. Nous traitons nos mariages avec une telle désinvolture et c'est en partie à cause de nous que cet incroyable amour a dû se terminer ainsi.

« Ils ont passé quatre jours ensemble. Seulement quatre. Sur toute une vie. Ça s'est passé au moment où nous sommes allés à cette foire ridicule dans l'Illinois. Regarde la photo de maman. Je ne l'ai jamais vu comme ça. C'était son influence à lui. Regarde-la, comme elle est impétueuse et belle ! Avec ses cheveux dans le vent et son visage si plein de vie. Elle est merveilleuse.

— Mon Dieu. » C'est tout ce que put articuler Michael en s'épongeant le front avec un torchon et en s'essuyant discrètement les yeux à l'insu de Carolyn.

Carolyn continua : « Apparemment, il n'a jamais essayé de la contacter pendant toutes ces années. Et il a dû mourir seul, c'est pourquoi il lui a envoyé ses appareils. Je me souviens de la dispute que j'ai eue avec maman au sujet de la fameuse robe. Elle a duré plusieurs jours. J'ai pleurniché et demandé des explications. Puis j'ai refusé de lui parler. Et elle a simplement dit : "Non, Carolyn, pas celle-ci." »

Et Michael se souvint de la vieille table à laquelle ils étaient assis. C'était donc pour cela que Francesca lui avait demandé de la ramener dans la cuisine après la mort de leur père.

Carolyn ouvrit la petite enveloppe rembourrée.

« Voilà son bracelet, sa chaîne d'argent et le médaillon. Et le message que maman mentionne dans sa lettre, celui qu'elle a accroché sur le pont Roseman. C'est pour cela que, sur la photo qu'il lui a envoyée, on voit un morceau de papier sur le pont.

« Michael, qu'allons-nous faire ? Penses-y un instant, je reviens tout de suite. »

Elle monta l'escalier et redescendit quelques minutes plus tard avec la robe rose, soigneusement enveloppée dans du plastique. Elle la sortit et la montra à Michael.

« Imagine-la dans cette robe, dansant avec lui dans la cuisine. Pense à tout le temps qu'ils ont passé ici et aux images qu'elle devait voir quand elle cuisinait et quand elle discutait à cette table avec nous de nos problèmes, du choix de notre collège et des difficultés que nous avions à réussir nos mariages. Mon Dieu, nous sommes si innocents et si immatures comparés à elle. »

Michael hocha la tête et se tourna vers le placard. « Tu crois que maman gardait quelque chose à boire ici ? Dieu sait que j'ai besoin d'un verre. Et, pour répondre à ta question, je ne sais pas ce que nous devons faire. »

Il fouilla dans le placard et trouva une bouteille de brandy, presque vide. « Il en reste assez pour deux. Carolyn, tu en veux ?

— Oui. »

Michael sortit les deux seuls verres à brandy et les posa sur la table. Il vida la fin de la bouteille dans les verres tandis que Carolyn commençait à lire silencieusement le premier des carnets : « Robert Kincaid est venu à moi le 16 août 1965, un lundi. Il cherchait le pont Roseman. C'était une chaude fin d'après-midi et il conduisait une camionnette nommée Harry... »

## Post-scriptum
## L'engoulevent de Tacoma

Tandis que j'écrivais l'histoire de Robert Kincaid et Francesca Johnson, j'étais de plus en plus intrigué par Kincaid et le peu que nous savions de lui et de sa vie.

Quelques semaines seulement avant que le livre ne parte chez l'imprimeur, je pris l'avion pour Seattle et j'essayais, encore une fois, de trouver des informations complémentaires le concernant.

L'idée m'était venue qu'aimant la musique et étant lui-même un artiste, Kincaid avait peut-être connu quelqu'un dans le milieu musical et artistique de Puget Sound. Le responsable du cahier arts et spectacles du *Seattle Times* m'apporta son aide. Il n'avait jamais entendu parler de Kincaid, mais il me permit de consulter les rubriques du journal qui pouvaient m'être utiles entre 1975 et 1982, la période concernée.

En parcourant les numéros de 1980, je suis tombé sur la photo d'un joueur de jazz noir, un saxo ténor qui s'appelait John « Nighthawk » Cummings. Et la photographie était signée Robert Kincaid. L'union locale des musiciens me donna l'adresse de Cummings, me signalant qu'il n'avait pas joué de manière professionnelle depuis cinq ans. Il habitait une petite rue dans la zone industrielle de Tacoma à la sortie de l'autoroute 5 qui menait à Seattle.

Je dus me rendre plusieurs fois à son appartement avant de le trouver chez lui. Au début, il était un peu réticent, mais une fois convaincu que j'étais sérieusement et sincèrement intéressé par Kincaid, il devint chaleureux et loquace. Ce qui suit est une

1. Nighthawk : engoulevent en anglais. *(N.d.T.)*

version légèrement réécrite de mon interview avec Cummings qui avait alors soixante-dix ans. J'ai simplement branché mon magnétophone et je l'ai laissé me parler de Robert Kincaid.

## L'interview de « Nighthawk » Cummings

Je faisais un concert à Seattle où j'habitais à ce moment-là et j'avais besoin d'une bonne photo noir et blanc pour la pub. Le bassiste m'a parlé de ce type qui vivait sur une des îles et qui faisait du bon boulot. Il n'avait pas de téléphone alors je lui ai envoyé un mot.

Il est venu, un vieux mec drôlement sapé, avec un jean, des bottes et des bretelles orange, il a sorti ses vieux appareils tout pourris qui n'avaient même pas l'air de marcher et je me suis dit oh, là là ! Il m'a mis contre un mur clair avec mon sax et m'a demandé de jouer et de ne pas m'arrêter. Alors j'ai joué, pendant environ trois minutes, le type m'a simplement bien regardé, vraiment, avec les yeux bleus les plus froids que j'aie jamais vus.

Après un moment, il commence ses photos. Puis il me demande si je peux jouer « Les Feuilles mortes ». Alors je joue, je joue dix minutes d'affilée pendant qu'il change tout le temps d'appareil et prend des photos. Puis il dit : « parfait, c'est bon. Tu les auras demain. »

Le lendemain, il me les apporte et je tombe à la renverse. On a pris des tas de photos de moi, mais ce sont de loin les meilleures. Il me fait payer cinquante dollars ce qui me paraît pas très cher. Il me dit merci et s'en va, en sortant, il me demande où je joue. Je réponds : « Chez Shorty. »

Quelques jours après, je regarde le public et je le vois à une table dans un coin, il écoute attentivement. Alors il a commencé à venir une fois par semaine, toujours le mardi, il buvait toujours de la bière, mais pas beaucoup.

J'allais quelquefois le voir pendant les pauses et je lui parlais quelques minutes. Il était silencieux, il disait pas grand-chose, mais très gentil, il me demandait toujours poliment si je pouvais jouer « les Feuilles mortes ».

On a fini par se connaître un peu. J'aimais bien aller sur le port regarder l'eau et les bateaux, il se trouve que lui aussi. Alors nous avons fini par parler sur un banc pendant des après-midi entières. À radoter comme deux petits vieux qui se sentent un peu inutiles, un peu à côté de la plaque.

Il amenait d'ordinaire son chien avec lui. Un beau chien. Il l'appelait Route.

Il comprenait la magie. Les musiciens de jazz aussi. C'est sans doute pour ça qu'on s'entendait. Vous jouez un air que vous avez déjà joué des milliers de fois et soudain un tas d'idées nouvelles sortent de votre sax sans que ça passe par votre cerveau. Il me disait que la photographie et la vie en général étaient souvent comme ça. Et il a ajouté : « Faire l'amour avec une femme qu'on aime aussi. »

Il travaillait sur un truc où il essayait de faire des images avec la musique. Un jour, il m'a dit : « Tu sais, John, ce riff que tu joues presque toujours dans la quatrième mesure de "Sophisticated Lady" ? Eh bien, je crois que j'ai saisi ça sur la pellicule ce matin. La lumière s'est reflétée dans l'eau exactement comme il faut et un héron bleu a fait un cercle dans mon viseur, tout ça au même moment. Je pouvais vraiment entendre et *voir* ton riff et j'ai appuyé sur le déclic. »

Il passait tout son temps sur ce truc de la musique en images. Ça l'obsédait. Je ne sais pas comment il gagnait sa vie. Il ne disait pas grand-chose sur lui. Je savais qu'il avait beaucoup voyagé en faisant des photos, pas grand-chose d'autre, quand un jour je lui ai parlé de la petite chose en argent qui était accrochée à la chaîne autour de son cou. De près, je voyais le nom de Francesca dessus. Alors j'ai demandé : « C'est quelque chose de spécial ? »

Il n'a rien dit un moment, il a juste regardé l'eau. Puis il a dit : « Tu as du temps ? » Bon, c'était un lundi, mon jour de relâche, alors je lui ai répondu que j'avais tout le temps.

Il a commencé à parler. C'était comme si

on ouvrait un robinet. Il a parlé tout l'après-midi et presque toute la nuit. J'avais l'impression qu'il avait gardé tout ça à l'intérieur longtemps.

Il ne m'a jamais dit le nom de famille de la femme, ni où ça s'était passé. Mais, frère, ce Robert Kincaid c'était un poète quand il parlait d'elle. Elle devait vraiment être quelque chose, une sacrée dame. Il a récité des bouts d'un texte qu'il avait écrit sur elle — quelque chose sur la dimension Z, si je me rappelle bien. Je me souviens que j'ai pensé que ça ressemblait à des improvisations free d'Ornette Coleman.

Et, frère, il pleurait en parlant. Il pleurait des *grosses* larmes, le genre qu'il faut être vieux pour pleurer ça, le genre qu'un sax peut jouer. Après j'ai compris pourquoi il voulait toujours « Les Feuilles mortes ». Et, frère, j'ai commencé à aimer ce type. Quelqu'un qui a ce genre de sentiments pour une femme vaut la peine d'être aimé.

Alors, j'y ai pensé, à la force de cette chose que lui et cette femme avaient. À ce qu'il appelait les « manières ancestrales ». Et je me suis dit : « Je dois jouer cette force, cette histoire d'amour ; ces manières ancestrales doivent sortir de mon sax. » C'était si foutrement lyrique.

Alors j'ai écrit ce morceau — ça m'a pris trois mois. Je voulais un truc simple, élégant. C'est facile de faire des choses compliquées. Ce qui est vraiment dur c'est la simplicité. J'ai travaillé tous les jours jusqu'à ce que ça marche bien. Puis j'ai travaillé encore et j'ai écrit les partitions pour le piano et la basse. Finalement un soir, je l'ai joué.

Il était là, un mardi soir, comme toujours. Bon, c'est une soirée calme, peut-être vingt personnes, on ne fait pas vraiment attention à nous.

Il est assis, tranquille, il écoute avec attention comme toujours et j'annonce dans le micro : « Je vais jouer un morceau que j'ai écrit pour un ami. Il s'appelle "Francesca". »

Je le regarde en disant ça. Il observe sa bouteille de bière mais quand je dis « Francesca », il lève lentement la tête, passe ses deux mains dans ses cheveux gris, s'allume une Camel et ses yeux bleus fondent sur moi.

Mon sax n'a jamais sonné comme ça. Je le fais pleurer pour tous les kilomètres et toutes les années qui les séparent. Il y avait une petite figure mélodique dans la première mesure qui imitait son nom — « Fran... ces... ca. »

Quand j'ai eu terminé, il s'est levé bien droit à sa table, il a souri et hoché la tête, il a payé et il est sorti. Après, je le jouais toujours quand il venait. Il a encadré la photo d'un vieux pont couvert et me l'a donnée pour me remercier. Elle est accrochée là. Il m'a jamais dit où il l'avait prise, mais sous sa signature on lit : « Pont Roseman. »

Un mardi soir, il y a sept ans, peut-être huit ans, il ne vient pas. Ni la semaine d'après. Je pense qu'il est peut-être malade ou un truc de ce genre. Je commence à m'inquiéter, je descends au port, je pose des questions. Personne ne sait. Finalement, je prends un bateau pour l'île où il vit. C'était une vieille cabine — une cabane en fait — près de l'eau.

Pendant que je tourne autour, un voisin sort et me demande ce que je fais là. Je le lui dis. Le voisin me répond qu'il est mort il y a environ dix jours. Frère, j'ai souffert quand j'ai entendu ça. Et encore aujourd'hui. J'aimais vraiment ce type. Il y avait quelque chose dans ce mec. Je pense qu'il savait des choses que le reste de nous ne comprend pas.

J'ai demandé au voisin où était le chien. Il ne savait pas. Il ne connaissait pas Kincaid non plus. Alors, j'ai appelé la fourrière et, pour sûr, ils avaient ce vieux Route. Je suis allé le chercher et je l'ai donné à mon neveu. La dernière fois que je l'ai vu, lui et le gosse avaient une histoire d'amour. Ça m'a fait plaisir.

Eh bien, c'est à peu près tout. Pas très longtemps après que j'ai trouvé ce qui était arrivé à Kincaid, mon bras gauche a commencé à s'engourdir quand je jouais plus de vingt minutes. Quelque chose à voir avec ma colonne vertébrale. Alors je ne travaille plus.

Mais frère, je suis hanté par cette histoire qu'il m'a racontée, à propos de lui et de la femme. Alors, tous les mardis, je sors mon sax et je joue ce morceau que j'ai écrit pour lui. Je joue ici pour moi.

Et, je ne sais pas pourquoi, je regarde toujours la photo qu'il m'a donnée quand je joue. Il y a quelque chose, je ne sais pas quoi, mais je ne peux la quitter des yeux quand je joue.

Je suis ici, au crépuscule, et je fais pleurer ce vieux sax et je joue ce morceau pour un homme qui s'appelait Robert Kincaid et une femme qu'il appelait Francesca.

CET OUVRAGE
A ÉTÉ ACHEVÉ D'IMPRIMER
SUR ROTO-PAGE
PAR L'IMPRIMERIE FLOCH
À MAYENNE EN AOÛT 1995

N° d'édition : 26091. N° d'impression : 38107.
Dépôt légal : août 1995

*Imprimé en France*